ガラスの帽子

כובעים של זכוכית
Hats of Glass *Nava Semel*
נאוה סמל

ナヴァ・セメル
樋口範子 訳

ガラスの帽子

本書の翻訳出版にあたり、イスラエル大使館の後援を受けています。

目次

ガブリエルとファニー

גבריאל ופאני- במקום פרולוג

かつて祖父は、祖母をヨーロッパに置き去りにした。あの時代、そうしたことは悲しむべきことで、人々の耳元で密かにささやかれ、子どもにはぜったいに聞かせてはいけない話題だった。離婚も、死別と同じように、ぜったいに口にしてはいけなかった。あの時代、だれひとり離婚も死亡もしなかったということだろう。

祖父は祖母だけではなく、生後わずか六か月だったわたしの父をも見捨てて、アメリカに移民した。一九一九年、ヨーロッパの小さなユダヤ人共同体に、ニューヨークには金融街があるという噂が飛び交い、アメリカはイディッシュ語で〈黄金の国〉と呼ばれていた。

祖父は暮らしが落ち着いたら、渡航切符を送ると約束した。彼は確かに定住はしたが、渡航切符などは一度も送ってこなかった。ニューヨークのエリス島にある移民博物館の当時の書類によると、ガブリエル・ヘルツィグはヨーロッパに妻を残したとの申告はあったが、赤ん坊のイツハクについての記載はなかった。一人息子を見捨てたと、移民局から問いつめられるのを恐れたのかもしれない。

幼かったわたしの父は、ニューヨークの父親から生存の証として、緑色のドル紙幣入りの封書を誕生日ごとに受け取っていた。ルーマニアのブコヴィナにある小さな町シレトで、父親の不在を周囲の子どもたちにからかわれていた父は、いっそのこと、実父は死亡してくれたほうがずっといいとさえ思っていた。その後、わたしが大人になった時、父はいみじくも「孤児でいるほうがよかった」と語り、胸が痛んだ。

正式な離縁状のない寡婦となった祖母ファニーが、はたして未亡人と呼ばれたいと思ったかどうかはわからない。祖父ガブリエルは、やはり移民だったカルラ・メンデルという別の女性と悪びれもせずに懇意になり、二人はロウアー・イースト・サイドの、カルラはクリントン通り、ガブリエルはノーフォーク通りにある別々のアパートに暮らしていた。

この現代風通い婚の形が、はたしてカルラにとっては気楽だったのか、それとも不本意だったのか、わたしにはわからない。どちらにしても、彼らはウディ・アレンとミア・ファロー方式で三十年以上も暮らしたのだった。毎朝、祖父は彼女のアパートの部屋に立ち寄ってコーヒーを飲んだその足で、ニューヨークの証券取引所に通勤したという。大富豪にはならなかったものの、株売買の相場師になり、彼にとってはエキサイティングな新世界を闊歩した。

ところが、置き去りにされた祖母ファニーは聖書にのっとり、状況的にも、ガブリエル以外の男性には見向きもしなかった。彼女の人生でただひとりの身近な男性は、息子であるわたしの父だけで、祖母は彼の指示に従い、どこに行くにもついてまわった。息子は母を、生きる望みのないドニエストル〔ルーマニアとウクライナの間にある街〕への移送から救い出し、無理矢理シオニストに変身させた。一方、祖父ガブリエルにとって、パレスティナはまったく眼中になく、「来年は、エルサレムで」というユダヤ人同士の挨拶は、単なる常套句にすぎなかった。

　第一次世界大戦中にガブリエルが従軍した四年間も、婚約者としてじっと耐えて待ちつづけた祖母ファニー。復員後、二人は結婚したものの、再び乳飲み子とともに残された彼女は、その息子に愛を注いだ。つまり祖母にとってわたしの父は、ハンサムで魅力的な夫ガブリエルの投影でもあった。「どんなに大量の水をかけても、この愛を消すことはできない」と唄われているように、祖母ファニーの夫への愛と忠誠は、大西洋をものともしなかった。

　もしわたしだったら、自分の人生の枷になった夫に抗い闘って、やつのエゴを少しでも修正するために、わずかでも行動を起こしたであろうが、あの時代の女たちは、これが自分に与えられた運命とばかり、そのままを受け入れた。はたして祖母は、家族がどうあって欲しかったのか、今となっては物語の中で、わたしが想像して書くしかない。

　一九四六年、ヨーロッパでのホロコーストを免れた息子イツハクは、若きシオニストの活動家としてパリで行われた青年シオニスト会議にて、ユダヤ系アメリカ新聞の記者インタビューを受けた。ある朝、ひとりのニューヨーカーがコーヒーを飲みながら、ほっと一息ついて新聞

1917年、ルーマニアでの結婚写真

を開くと、息子のインタビュー記事が載っていた。ガブリエルは、一人息子がホロコーストを生き延びたことを初めて知った。ナチスによる恐ろしい迫害に、何の救いの手も差しのべなかった後ろめたさに動かされたのか、すぐに新聞社を通じて息子の居場所をつきとめた。パートナーだったカルラが、その息子探しを促したというのは、きっと彼女には子どもがいなかったからにちがいない。

その三年後、エズレル平原にあるキブツ〔集団農場〕での長男シュロモの割礼式に、家族は初めて顔を合わせた。祖父は息子と初孫に会いに、まさに一石二鳥でやってきた。祖母はハイファ港へ出迎えに行くことはしなかった。たぶん、自分の奥深い感情がゆるむのを恐れたのかもしれない。

別れ別れになっていた祖父母の再会場面についての証言は、手元にはない。ただ、船のタラップを降りてきた祖父と、波止場に立っていた父イツハクの二人は、互いの襟についているタグを合わせて、きちんと名前を確認し合ったということだ。このいきさつをわたしがすべて耳にした時はもう、祖父母のガブリエルもファニーもこの世にはいなかった。それに、たとえ質問する機会があったとしても、だれも内面を語らないあの時代の彼らが、胸の内を明かしたとは思えない。

そんなわけで、その訪問時のただ一枚のモノクロ写真には、彼らの孫で、わたしの兄の割礼式に立ち会った祖父がイスラエルの硬い大地に鍬を入れる姿と、そばで怪訝そうに見上げる祖母が写っている。妻を見捨てて三十年後にやっと、その妻に正式な離縁状を手渡した祖父は、彼女を不安と孤独から解き放った。今や、ファニーは身も心も自由の身になり、この大昔の愛の物語は終わったかのように見えた。

祖父は建国直後のイスラエルという国には、何の魅力も感じなかったようだ。その国は辺境にあり、中東近隣諸国の敵意と暴力に囲まれて望みがないという。キブツについては〈共産主義の砦〉と突き放し、シオニズムにいたっては〈奇抜な冒険〉だと言わんばかりだった。息子であるわたしの父に向かっては、「わしといっしょにアメリカに行くか、わしが再びおまえたちを置いて出て行くかだ」と、言い放った。

わたしの父は当然、受け入れなかった。イスラエルにはもちろん金融街はなく、かといって乳と蜜の流れる地でもないが、父にとってはただひとつの居場所であり、アウシュビッツから生還した母ミミにとっても同じだった。彼らにとって、他の選択肢はなかった。祖父が再びアメリカに渡った直後、父は苗字をヘルツィグからヘブライ語のアルツィに変え、家族の枝葉は、より明らかに確かに引き継がれた。

祖母との正式な離婚、二度目の離別から十年後、祖父は突然もどってきた。すでにニューヨークの街角では公然の仲だったカルラ・メンデルは、ガブリエルがもうすぐ失明するという重い内容の手紙を送ってきた。彼女はその男を介護するつもりはなく、彼女と結婚指輪を介さなかった男は、今となっては独身のまま見捨てられたも同然であった。〈自業自得だ〉と言う人もいるだろう。

失明を宣告された祖父を引き取りに父がニューヨークに旅立った時、わたしは五歳だった。すでに一家の柱で四十歳だった父は、ノーフォーク通りにあった祖父のアパートにたどりつき、自らを見捨てた父親と、はじめて膝を突き合わすことになった。今さら無理に関わろうとしてもぎこちなく、二人は疎遠のままだったが、父はむしろ、クリントン通りに住むパートナーのカルラと心を通わすことができた。父は義務を放棄しつづけた男を、当然の報いとして家族の元に返すというカルラの判断に、密かに同意したのかもしれない。

父の手紙はほぼ毎日大西洋を渡って、わたしたちの元に届けられた。父が他界した今、読み返してみると、毎回「愛する子どもたちへ、わたしはもどるからね」という不確かな約束の言葉で結ばれている。置き去りにされた心痛がいかに深かったかがよくわかる。父はその後、大人になったわたしに、自分が子どもたちを見捨てる父親だとはぜったいに思われたくなかったと語った。

六か月後、父に連れられた祖父は乗用車プリムスを伴い、どう見てもこの国には不似合いな当時流行の背広に絹のネクタイをつけた外国人姿で移民し、街中の噂をさらった。二十年前に刊行されたわたしの作品『ゲルショナになる』に、「わたしにおじいちゃんがいるなんて、はじめて知った」との一文がある。

祖父母の愛憎物語は、わたしたち家族の暮らしにも波風をたてた。というのは、祖父母は離婚している間柄なので、ユダヤ教の戒律によると、いっしょに暮らしてはいけない。それで、わたしは居間にあった折りたたみベッドに横たわる陰気なアメリカ老人の足元で寝て、長男である兄は祖母と狭いテラスを分け合って寝た。古い傷痕が再びくすぶり、わたしの中では火のついたイディッシュ語があちこちぶつかり合った。沈黙は言葉を堰き止め、行き場のない空気が部屋に満ち、垂れこめる暗雲に窒息しそうだった。祖父母の事情は、わたしの耳には入らなかった。先に書いたように、離婚などは死と同じように忌み嫌われ、子どもたちに語ってはいけなかった。

ところが、ありえないと思われた解決策が家庭内で浮上した。祖父が祖母に復縁をもちかけて、こともあろうに祖母は承諾したのだ。その時の祖父は、家族という圧力鍋の中で、ひたすら押しつぶされているわたしの母に同情して、これ以上の面倒はかけまいとその策を考え出したらしい。まるで巧みな仲人の手腕があったかのごとく、その取り引きは最初からうまくいった。

祖母はなぜ、祖父の求めに応じたのか？　長年の屈辱への代償として、してやったりの勝利の高揚感と、石灰化した愛が遅ればせにやっと実ったという達成感だったのか。あるいは、人生の筋書きが変わり、失明して年老い、すでに手も足も出なくなった夫を先導する皮肉な運命を受け入れたということなのか。祖母ファニーは、夫となるガブリエルが二度と彼女を見捨てないとわかっていた。

ささやかな結婚の儀は、テルアビブのユダヤ教ラビの事務局で執り行われた。孫である兄とわたしの名前は、参列者リストにはなかった。花嫁衣装もなく、一生の記念を撮る写真家もいなかった。しかし、〈若いカップル〉には、イスラエル法に基づいて、格安のアパートを入手する権利があり、彼らはわたしたち家族の近くに居をかまえた。ぴかぴかの乗用車プリムスだけが、わたしたちの家の敷地に駐車することになった。なぜなら、完全に失明した祖父はもう、自分の車を運転できなかったからだ。

ハッピーエンドといったところか。

手元のアルバムにある当日のスナップ写真の中で、祖母は口を閉じてぼんやりと視点を定めず、持って行き場のない両手を膝の上に組み、四十年前に出て行っていきなり彼女の元にもどった白髪の男とは、何の関りもないそぶりに見える。

その二人の真ん中で、笑っている女の子がわたし。

ファニーとガブリエルの二度目の結婚生活は、最初の結婚より難航した。夫は絶望状態で不

1960年、約40年後の再婚時写真

満ばかりを募らせ、イスラエルを憎み、失明の不運を罵り、移民の特権で入手したラジオの〈アメリカ放送番組〉に一日中しがみついていた。妻である祖母に向かっては、イディッシュ語に英語をごっちゃ混ぜにして悪態をつき続け、片や祖母はというと、受けた侮辱を冷静に我慢強く受け止めて、夫が妻に依存する真意を常にすくいとろうとした。わたしの父は、毎晩ニューヨーク証券取引所の株式相場情報を読んで聞かせるなど、一応の敬意をもって自らの父親に対峙していたが、肉親への深い愛情からではなかった。

「おじいちゃんを赦していたの?」と、大人になってからきいてみたが、わたしは父が祖父を最期まで見捨てなかったその寛容な姿に、頭が下がった。たとえ自分を置き去りにした父親の面倒を見なかったとしても、心優しきユダヤ人たちは、だれも咎めなかったであろうに。わたしはそういう父をぎゅっと抱きしめた。父は少年のように顔を赤らめ、昔のわたしには疎まれたイディッシュ語で、「血は水よりも濃い」という代々受け継がれた格言を、とまどいつつ口にした。

家族ドラマは、いよいよ終章へとつづく。ラビの司式で執り行われたささやかな結婚の儀から三年後、こともあろうにニューヨークから、きらきらのカルラ・メンデルが飛び込んできた。兄とわたしには、〈アメリカのおばさん〉ということになった。派手な服装に真っ赤な口紅、小柄で笑い上戸のそのおばさんは、クリノリンという膨らんだスカートのお人形とリモコン付きのおもちゃのジープを手土産にしてきたので、わたしたち兄妹は、あっというまに労働者の街テルアビブの子どもたちの羨望の的になった。

カルラのべたっとしたキスや、人前で「スウィティ」とか「ダーリン」とかいう呼び名を含んだうざったい愛情表現を、わたしは意識的に避けていた。祖母と同じく、カルラも貞節を守ったというから、兄とわたしはきっと、彼女の孫同然だったにちがいない。

テルアビブ滞在中の彼女は、以前のパートナーの男と、今となっては再びその妻となった初対面の女の暮らす、つまりわたしの祖父母の家に数週間宿泊した。

信じられないことだが、祖母とカルラはなぜかうまく付き合い、彼女たちの連携と協力は素晴らしいものだった。二人の女性を翻弄した男に対して、二人は意気投合し、その報いを倍増して懲らしめた。その男の陰で交わされた彼女たちのささやきは、物語の中でしか作り上げられないのだが、この奇妙な愛のサーガによって創作の泉をもたらされたわたしは、幸せな娘ということか。

ガラスの帽子

כובע הזכוכית

これは、実話そのものではない。長い年月を経て、実話からこぼれ落ちたきれぎれの記憶をわたしが集めたのだが、時にはすっかりかびたパンくずみたいなものもあった。自分の目で確かめようとすると、それは後ろ向きに歩くことでもあった。すでにその痛みを知る者は、過去の壁に背中がぶつからないように、気をひきしめた。

「クラリサ」わたしは今も、通りで彼女を呼び止める。

時々、わたしは彼女のことを思い浮かべていた。忘れるわけがない。最初は走って追いかけたが、すぐに足を止めた。彼女はただの灰色の点になり、さらにもっと小さくなった。そのうち、わたしの中で何かが一転し、そうではなかったとさらにひっくり返り、再び振り出しにもどった。

戦争が終わる三か月前だったが、当時は終戦などだれの頭にもなかった。わたしは自分の素顔も思い出せず、かろうじて年齢だけはおぼえていた。三年前に結婚し、共にハンガリーの西に住んでいた夫が、すでに煙と化していたことなど、知る由もなかった。

わたしの中で丸二か月間の命を生きた胎児も、腹部に見えない一本の線だけを残して、声もたてず、動きもせずに消えた。戦争が始まって以来、自分の身体さえ一度も目にしてはいなかった。季節が地上を巡るように、太陽や宇宙が法則通りに活動していることを知らせてくれた月経もすでに奪われた。

フランス人のジェニンが言うには、あの連中がいつも「スープ」だと公言してよこす液体の中に、やつらは何か怪しい粉末を加えているのだそうだ。しかし、わたしにとって出血を見ないということは、時間が凍りついたも同然であった。悲惨極まる温かい灰に触れないように、現実を見なくてすむように、守られているのだった。煙突から煙と化した人たちは、慈悲を願い、力を尽くして立ち上がった者たちだった。

毎朝、長蛇の列に足を引きずるわたしの頭にちらつくのは、たったひとつのこと。それは、この忌まわしい場所をめがけて飛び立ち、すべてを消し去る爆撃機が空にあったらどんなにいいだろうということ。ちょうど、男が口を殴られた後、口をぬぐった血がほんの少し手についても、口には何も残らないようにすべてを消してほしい。しかし、傷口はずっと癒えないだろうし、その場所を呪縛して拳をかかげる者はいないだろう。

わずか一世代後に、収容所跡を見に行ったわたしの息子は、傷心を抱えて帰ってきた。「母さん、あの場所はすべて草で覆われていたよ」

忌むべき場所を、創造主がなぜこんなにも早く忘れてしまい、この大地を拒まずに恵みを与えたのか、わたしは自問した。主は多くの種を蒔き、草をも刈らなかった。あるいは、花を咲かせて大地を喜ばせるだろうが、この場所を呪う者たちのその呪縛が解ける日まで、主は辛抱強く待ってはくれなかった。

その日受けたナチスの選別はわたしにとって最後となった。おそらく両親から受け継いだこの顔形で、生き延びることができたのだろう。今、自分の子どもたちのふっくらとした顔の輪郭を見るにつけ、かつてのわたしが元気で、まだじゅうぶんに働けると思われたのがわかる。

労働に耐えうる者として選別されたわたしたち女子五百人は、貨車に乗せられた。パンのかたまりがいくつか貨車に投げ込まれたのは、少しでも生き延びて欲しいと願う、だれかの密かな期待だったかもしれない。その直後に扉が閉められ、選ばれなかった者たちの慟哭が、外から扉越しに聞こえてきた。

「扉のそばには行くな」とカポーが言った。「残った者たちを始末している」

そして貨車が列車の後部に連結された。選別されたわたしたち女囚人は、四日間貨物列車に揺られた。わたしの手足は、同胞の排泄物とその腐敗物に浸っていた。強烈な臭いが腐った巨体のように辺り一面を覆い、熟れすぎた果物は今にも破裂しそうだった。

貨車の囲いの隙間から、地面が移動しているのが見えた。起点にもどるために、ぐるぐる回っているのだろうか？　ミミズのように押しつぶされた身体が揺さぶられ、まさに混乱状態で時が過ぎていった。お仕着せの線路と、任務を忠実にこなす車輪のきしむ音が、わたしたちをどこかへと運んでいく。

長時間後、貨物列車は停車した。いきなり扉が開いたそこには、昼の陽差しではなく、夜のとばりが落ちていた。貨車内に飛び込んできた十一月の冷たい風が、そこに漂う強烈な臭いとぶつかり合った。不自由な身体の持ち主が、自らの障碍に触れた時のような衝撃が生じ、耐え難い屈辱が襲った。わたしたちは貨車を降りてその大きな駅のホームに立ち、光る線路が重くたちこめる暗闇を突き抜けるのを見た。ぼろと悪臭をまとい、くたびれ果てて、ぶるぶる震えて立っていた。ここまで、いったい何の幻に連れてこられ、この先もどこに連れて行かれるのか、見当もつかなかった。終点はすぐそこだったのだが、知る由もない。

駅から徒歩で空き地に連行され、整列していた。暗闇から一人の男が現れ、わたしたちのほうに向かってきた。背が高く、光った白髪の巻き毛が額とこめかみに切りそろえられていた。親衛隊《SS》のどくろマークのないドイツ国防軍の軍服を着ていた。五百人の目が、無言の恐怖でその男を見つめた。ため息を聞いたような気がしたが、気のせいかもしれない。のぼる月明かりに照らされて、その顔がはっきり見えた。最初はとまどいを見せ、不快感をもって顔を背け、そのうち、ぬぐいきれない悲しみに包まれたのをわたしは見逃さなかった。

「みなさん」と男は言い、その視線は、ぎゅう詰めに並ぶ女囚人たちのひとりひとりに分け入った。「みなさんは労働キャンプに到着しました。ここはドイツのジッタウです」

苦しげなうめき声が上がった。男が一歩前へ出ると、最前列の女たちは後ずさりして、後列にぶつかった。男はその腕を前に伸ばした。

「みなさん、怖がることはありません。ここでは、だれもあなたたちに危害を与えたりはしません。ここは労働キャンプなんです」

こうした声かけは、別のキャンプから来た自分たちには、耳をかするだけだった。信じられるものか。上等な軍服を身に着けたその老いた軍人は、目の前に立つ卑しめられた生き物たちを目にして湧き上がる深い同情心を隠さなかった。その老いた軍人はもう一歩前に出て、近くにいたひとりの女に触れ、その女のすりきれた服を指でつかんだ。「何と不名誉なこと。このような姿を見せるのは、大きな恥だ《ダス・イスト・アイネ・グローセ・シャンデ》」彼は自分の両手のひらを合わせた。「みなさん」再び口を開いた。「わたしは第一次世界大戦では将校でした。みなさんはここの工場で働くために、ドイツ共和国に連れてこられた」彼は、暗闇にシルエットで浮かび上がる、いくつもの大きなバラックに向けて手を振った。

「わたしがここにいる限り、みなさんは一生懸命に働き、だれからも危害を与えられません。約束します。第一次世界大戦を戦った将校の言葉です」

男は踵を返し、あっというまに暗闇に消えていった。「何と恥ずかしいことだ」と彼は再び言った。

わたしたちは人の形をした影、まだわずかに息の残る生き物の群れだった。しかし老いた元将校は、その労働キャンプには長く滞在しなかった。わたしたちの監督任務に当たったSSの女将校たちは、元将校の軟弱さをあげつらい、彼にうずまく憐れみが恥だと言った。

あの老いた軍人がどうなったのか、わたしは知らない。暗闇の中に一本の閃光が走り、その後消えた。わたしたちはただの餌食で、人間の部類ではない、わたしは自分に言い聞かせた。

わたしたちの起床は夜明け前の四時半。廊下の突き当りにある洗面所まで慎重に歩き、自分たちの剃られた頭を洗面器にかがめる。水を口元へとすくうたびに、その水はかつて少女のような輝く歯の持ち主であったわたしの口の中へと呑み込まれていく。自宅から連行された時、ナチスの隊員に殴られて折れたわたしの歯は、最初の数時間、口の中であちこちと転がった。吐き出すことも呑み込むこともできなかった。呑み込んだのは血だけで、気味の悪い味がした。

朝五時、台所で働く女たちが大きな鍋の両脇にある取っ手をつかみ、石床を引きずって運んでくる。わたしたちはその濁った液体を食器によそい、一気に飲むことになっていた。匂いも味もなく、その温かさだけが身体の隅々に行きわたった。わたしたちは入り口に五人一組で立ち、少しでも暖め合おうと、互いに身体を寄せ合っていた。だれもが囚人服をまとい、そのストライプがやせ衰えた身体どおりの形になっていた。すっかりしぼんだ胸の上に、灰色のストライプとその上には個人識別の番号と黄色い星が縫いつけられていた。たとえ暗くても、光って見えた番号は、2、9、6、3、4。

あなたはだれ？　だれなの？　わたしにはわからない。おぼえてもいない。わたしはその番号を、瓶に貼りついたラベルのように、何度も復唱した。

わたしたちは緊張したまま身体を寄せ合い、そこで凍りついて待機していた。六時十五分前、女将校たちの監督の足音が聞こえる。神はなんて冷たい顔をその男に与えたのか？　びくびくしたことも汗をかいたことも、喜びに輝いたこともないはずの顔だった。そして、まるで泥も見下すような視線をわたしたちに投げかけた。その後ろから、女将校たちがぱりっとした軍服とぴかぴかのブーツをまとって行進して点呼もした。毎日、その定数に変わりはなかった。次に、一人の女将校がバラックに入って各棟のわら布団を点検し、監督は先を急いだ。時おり監督は鞭で囚人を打ったが、自らの手は使わなかった。たぶん、汚《けが》れるのを恐れたのだろう。その監督の側近に金髪の女将校がいた。王女ブリュンヒルデのごとく、何もかもが透きとおっていて、眼や頬の周りに皺がなく、その白い肌にほんのりさしこむ赤味は、こんなにも健康的で美しく、気品にあふれていると言いたげだった。

整列の端から端までを見届けることはできないが、踏みつけて歩き回る足音だけが聞こえた。囚人服から垂れさがる両腕は、模様とは別の二本のストライプか、皺々のミミズのようだった。

わたしたちの仕事は、だだっ広い作業場で、作業台に置かれた飛行機の部品を砥石や旋盤器で磨くことだった。ほかにも金属を扱う作業をしたが、くわしいことはよくおぼえていない。夢の中では、何か光る金属の部品を手にして、それを元の位置にはめ込もうとするのだが、うまくはめられない。力を入れても、やはりうまくいかない。すると、いきなりその金属が溶けて、べとべとになった溶液が指と囚人服のストライプに流れこみ、首根っこにまで這い上がって、わたしを絞め殺そうとするのだ。

その女は寡黙で、無駄口はきかなかった。骨太で大柄な身体は同じように囚人服をまとい、わたしたちに交じって寝棚にはいるが、同時に囚人の動向を見張っていた。囚人でありながら、囚われの身ではない。

寝棚で隣人だったフランス人のジェニンが、「あのクラリサは、〈前線要員〉だった」と話した。カトリック教徒のジェニンはユダヤ人の男と結婚して、ともに東欧に移住したことでナチスに連行される破目になった。

わたしは自分の子どもたちに、クラリサは兵士たちの慰みのための従軍慰安婦として、その三年以上前に前線に送られたのだと話した。彼女のような身の上のほかの女たちは、記憶による狂気を断ち切ろうと、高電流の通る鉄条鋼にすでに身を投げていた。あるいは、野犬に変身して、わたしたちのように貶められなかった者たちに、自分たちの受けた侮辱と恥辱を、暴言やいやがらせをもって当たり散らした。

クラリサはそういう女ではなかった。わたしの記憶では、彼女は侮辱や苦難にしがみついているようには見えなかった。

規則は常に曖昧で、混乱が混乱を招く日々が続いた。ある朝目覚めると、自分のわら布団がまるで灼熱の石のようだった。わたしは広い砂漠にいて、頭の上の熱いかまどが、わたしの身体をからからに熱していた。

「起きて」と、ジェニンが大声をかけてきた。砂漠の居心地がよくて、わたしは動かない。彼女はわたしを駆り立てた。がしかし、砂に埋まった足は動かず、わたしはそれを動かそうともしなかった。ジェニンはわたしに拳を向けた。

「ちゃんと自分の足で立って」彼女は言った。「点呼に遅れるわ。寝込んだらだめ！」と叫んだ。「なんてこと《モン・デュー》！　たいへんなことになる」

「お願い、放っておいてよ」

ジェニンはあきらめず、わたしの足を力いっぱい引っ張って靴を履かせた。

燃えたつ頭の上から、別の声が聞こえてきた。「放っておきなさいよ！」

ジェニンはその女に飛びかかった。「とんでもないわ。起きなきゃ、重病人は殺されてしまう！」

広々とした砂漠が遠のいた。ちろちろと燃えていた自分の両目を開けた。クラリサの声には、長きにわたる飢餓と虚弱からくる渇きはなく、なつかしい時代の響きがあった。

「あなたは、ばかよ」クラリサがジェニンに言った。「わたしがこの女を死なせたりしないのは、わかっているでしょう。ここに寝かせておきなさい」クラリサの毅然たる指示のおかげで、ジェニンはその手を緩めた。

「さあ、出て行って」クラリサは、ジェニンにうながした。

クラリサは膝をつき、わたしの靴を脱がせて、骨と皮になった両脚を寝棚にもどした。

「すぐにもどる」クラリサはそうささやいて、どこかに消えた。

そのうちもどってきて片手を開き、そのくぼみに、ここでは見たこともないきらきら光る錠剤を見せた。わたしに毒を盛り、中毒にさせて辱めたいのだろう。しかし、わたしは逆らわず、従順な子どものように口を開けてその錠剤を呑み込んだ。もうひとつの砂漠に身体が沈みこんでいく。そこにはそよ風が吹き、わずかな砂があおられて、やがてたつまきが起きた。

こうしてクラリサは三日間、わたしのもとに来ては口に薬を含ませて出て行った。病状が回復した四日目の朝一番の点呼の時、クラリサが廊下の突き当りに立って待っているのを、ジェニンがわたしに目配せした。そして金髪の女将校が到着すると、クラリサは彼女を呼び止めてから、何かを耳打ちしてその場を離れた。女将校は監督のところに行き、彼が点呼を引き継いで女の定数を確認した。

こうやってクラリサが窮地を救ったのは、このわたしひとりではなかった。ほかの女たちも、わたしと同じように助けられた。病人には薬を、瀕死の者には慰めと励ましを施し、最後の最期まで濡らした布で額を冷やしていた。壊血病を患ったサラ・メンデルソンには、野菜や果物を届けた。

スープに見立てた沼に、見たこともないジャガイモが島のように浮くのは、工場主たちの巡視の日に限られていた。工場主たちは、働き手である囚人たちに栄養価の高い食材を与えて生産性を上げるねらいがあった。しかし、ＳＳの連中はスープの中から野菜や肉の切れはしをすくい出してしまい、残ったのは、今となっては豊かな栄養の影も形もない、ただの脂ぎった液体だけだった。

　わたしはクラリサに、つたない礼を言いかけたが、そんな小さいことにはこだわらないというふうに、手を振って軽くあしらわれた。

　ある晩おそく、棟の扉がそっと開いた。クラリサが寝棚から起き上がり、まるで燃える炭の上でも歩くように、注意深く扉のほうに向かって行った。扉の青白い光のところまで近づいた時、扉がもう少し開き、そこに金髪の女将校の影があった。女将校は灯りを背にして立っていた。

　クラリサが扉の向こうに出るとすぐに女将校は踵を返し、クラリサはその後について行った。扉は何事もなかったように閉まった。わたしが硬いわら布団に頭を沈めて寝返りをうつと、その暗闇の中で、猫の目のように大きく見開いてこちらを突き刺すジェニンの視線があった。わたしは再び寝返りをうった。あたりは静まり返り、フランス人ジェニンのまばたきと自分の寝息までもが聞こえそうだった。

　クラリサは一晩中もどらないことが幾晩もあった。彼女がどこで寝ているのか、わたしたちはちゃんと知っていた。女将校の腕の中、そこはクラリサの別世界への扉だった。時には清潔なシーツに背を当てて、ショパンのポロネーズやワーグナーのシンフォニーを聴けたという。

ブリュンヒルデはクラリサに着心地の良い服を着せ、バスタブで入浴させて頭も洗わせた。クラリサは心を閉じたまま、足を縮めて女将校と横になっていた。朝の点呼で女将校がクラリサの前を通る時、彼女の隠そうにも隠せない動悸は、その頬をひきつらせたにちがいない。

工場での作業中、クラリサはほとんど口をきかなかった。たった一度だけ、彼女はしゃがれた低い声で、喉から絞り出すように唄い出したことがあった。彼女はその奇妙な唄い方に自ら抵抗しながらも、湧き出る歌を止めることができず、その声は作業台にまで波打った。

わたしたちは作業の手を止めた。その不気味な声の中で、飛行機の部品を組み立てることができなかったからだ。それはまるで言葉を話せない者が必死に声を出そうとするかのようで、トレモロは聞く者に、痛みと悲壮感を呼び起こすのだった。

ある晩、目が覚めたわたしは、クラリサが秘密の部屋から自分の寝棚にもどってきたのを見た。しかし、横になるのではなく、人生を凍らせた彫像みたいに座り、暗闇を見つめていた。

気がつくと、わたしは彼女のほうに歩いていた。「クラリサ」わたしは、優しく声をかけた。「あの女は、あなたにどんなことをするの？」

彼女の顔はふと苦痛に歪み、あまりにこわばったので、わたしは後ずさりした。彼女は背中に鍵が差し込まれたごとく、ゆっくりと顔をこちらに向け、そして冷たく言い放った。

「悪いことは何もしないの」そう言って、わたしの頭に触れた。「あなたは若いわ」

「どうして？　生まれなかったけど、子どもだって授かったのよ。少女時代はとっくに過ぎた」

「あなたは、そのうち子どもたちを授かるわ」彼女はわたしの額にも触れた。「わたしにはあり得ないこと」

一旦、運命が閉ざされてしまうと、身体がどこに行こうが、その運命に先行されるかもしれない。恐ろしい病に感染した人は、だれからも避けられてしまう。でも身体はその人だけの真実を語るはずで、自らの道をすすみ転んでつまずきもするだろう。一旦、汚名をきせられてしまえば、恥辱はぬぐえないし解かれることはないが、もしこの場所を出ることができたら、わたしたちは自由になり、再び人を愛することができる。身体は打撲や虚弱、病や傷によってむしばまれる。しかし、次の人生も開かれる。焚火がそのうち森を燃やすように、満潮の穏やかな水面と月に照らされた白い波は、新たな愛や子どもの命を萎れた胎内にもたらしてくれるだろう。過去を背負ったままわたしたちは愛し合い、そこで子どもたちを産み育てていく。パンではなく命の水を得ること。身体はともかく、この傷ついた心をクラリサに明かして、彼女の支えが欲しかった。でも、彼女にはすでに汚名が刻まれている。おそらく彼女の残りの人生はさすらうにちがいない。傍らに勇士が付き添うわけではなく、あるのは、すりきれた魂だけだもの。

戦況に詳しいだろう彼女に、それとなくきいてみた。「わたしたち、いつの日かこの場所から出られるの?」

「ロシア軍が近づいているのよ。爆音がもうすぐそこまで聞こえてる」

彼女はわたしにかがみこんで、そっと耳打ちした。「わたし、パレスティナに行くの。母の兄、伯父さんがかの地にいて、わたしたちはさんざん馬鹿にして、あんな人里離れた僻地に行くなんて、あいつは狂ってるなんて言ってたけど……ヨーロッパにはもう、神さまはいない。だから、伯父さんのところに行く。伯父さんは今、パレスティナでは大役を担っているらしいの」彼女はその地名をゆっくり、音節に抑揚をつけて口にした。その声が着地したその場所が、わたしにははるか遠くの不気味な土地に思えた。

クラリサの身体は子守歌に包まれたように揺れ、心はもうそこにはなかった。わたしたちには、賢い生き物につきものの快眠はなく、土の中をつきすすむモグラに似ていた。深い穴を下り、そこには海にまで流れ着きたいと願う憎しみがひたすら流れていた。しかし、海は数千マイルも遠く離れている。燃えた木の根は頭上の憎しみの重さに震え、身を縮めて水源のありかを求めて叫ぶ。その冬、すべての橋がひとつ残らず爆破された。人々は木の根になり、木の根は人々になった。賢い生き物たちは流れ落ちる憎しみの音に耳を傾け、いったいいつ止むのだろうかと尋ねる。

クラリサにはもう近づけない。わたしは自分の寝棚にもどり、彼女はわたしに気を削がれることなくずっと揺れつづけて、身も心も穏やかに鎮まっていく。

忍び込む冬、わたしたちは孤立していた。大雨が降りはじめ、その雨粒ひとつひとつに、煙と化した人たちの灰が含まれているのだと、わたしには思えた。労働キャンプは爆破されなかったが、道路はどこも泥で埋まり、泥に足を取られ、歩くだけで疲労困憊した。とりつく島がない。

鉄条網の向こう側を見ると、森の木々のてっぺんが揺れていた。葉にはしずくがあふれ、初冬の風が葉を優しくなでていく。葉の何枚かは鉄条網を越えて飛んできて、バラックの入り口に吹きだまっていた。慈しみ深い風のほかには、だれに触れられもせずに。

新しい飛行機部品は作業台に高く積まれ、わたしたちは無気力でそれをはめ込んでいた。扉が開いて、男物のブーツをはいたクラリサが入ってきた。ブーツについた泥水が床に染み、急ぎ足の跡がついた。

羽織ったコートからスカーフを取り出して開くと、そこに真っ赤に輝くキイチゴの実が現れた。彼女は自分の口を開けて、キイチゴをまずひとつ、もうひとつと投げ込んだ。顎に切り傷を負ったみたいに果汁が滴った。仕事中ずっとわたしたちを指導する〈マイスターズ〉と呼ばれるドイツの職工たちが、手を休めて何事かと見入った。囚人たちはクラリサのそばに集まり、彼女はみんなの手と口の中に、その熟して真っ赤な実を配った。わたしには、母の作る赤いジャムのガラス広口瓶が目に浮かんだ。母はその広口瓶を、翌夏までの長い月日のために、ひとつひとつ食糧庫の棚に並べるのだった。

「このキイチゴはどうしたの?」一人の女がきいた。

「プレゼントでもらったの」クラリサは大きく身体を揺らしながら、しゃがれた笑い声をたてた。「わたしが愛人なのを、みんな知ってるでしょうに」

そうして彼女は空っぽになったスカーフに頭を押しつけて、そこに染み込んだ果物の香りを吸い込んだ。クラリサはスカーフに隠れたが、わたしたちは彼女の背筋が、ふと揺れ動いたのを見逃さなかった。彼女をそっとそのままにして、わたしたちは作業台にもどり、組み立て作業を続けた。マイスターズたちも彼女をひとり残した。再び扉が開き、入り口には、あの女将校が立っていた。帽子からはみ出した金髪の巻き毛が、うなじから首のあたりまでだらっと垂れていた。女将校はクラリサに近づき、その肩をつかんで激しくゆすった。スカーフが床に落ちた。キイチゴの赤い染みがある。女将校は腰をかがめて、スカーフを拾いあげた。彼女がかがんだのをわたしは初めて見た。軍服のブラウスから背骨が突き出て見え、息づかいが波を打つ。この光景にわたしは立ちすくんだ。初めて見た。これだけプライドの高い女が、膝を折ることを知っている。身体を緩めず、背筋を伸ばすことだけを命じる厳格な規則は、こんなにも簡単に外れる。彼女も一人の人間だった。

「クラリサはわたしのもの《ダス・イスト・マイネ・クラリサ》」彼女は毅然と言い放った。「わたしのもの《ズィ・イスト・マイン》、わたしのもの《ズィ・イスト・マイン》」立ち上がるとスカーフが再び床に落ち、彼女はそれを踏みつけた。わたしたちは顔を背けたのだが、ジェニンだけが動じなかった。女将校は一歩前に出て、ジェニンにするどい視線をねじこんだ。

ナチスの女将校がジェニンの目の前で足を止め、双方の目が一瞬ぶつかり、その場の時が止まった。女将校はふり返り、クラリサを力づくで突き倒した。


あれから三十年以上たった今、ジェニンはどこにいるのだろう？　かつて、カトリック教徒だった彼女はユダヤ人と結婚して東欧に移住したことで、わたしたちの同胞になった。彼女は今、たぶんスペインとの国境近くのモンペリエ近辺のワイン農家にいるのかもしれない。その地方の葡萄は特に果汁が多く、たったひと房の葡萄で酔えると言われている。

六十歳の誕生日を迎える前、わたしは孫のハガルを連れて、かつてナチスに押し入られたその家に行った。わたしは十歳の孫に、ここは前の夫と暮らした家だとは言えなかった。いずれハガルの父親になるはずの別の子どもがお腹にいた。

わたしは孫のハガルに言った。「ここに住んでいたのよ。玄関の扉をガンガン叩かれてね、外に引っ張り出されて、広場に連れて行かれたの」孫もわたしも二人とも中には入らなかったが、ハガルは家を見て、そしてきいた。「おばあちゃん、今どうして扉をノックしないの?」

わたしは思った。扉はバタンと閉まり、二度と開けられることはない。最初に愛を誓った男を、わたしは記憶の奥深くに葬った。その男のことはもう、夢にさえ見ない。ハガルの祖父と連れ合うと決めた時、わたしは人生の第一章を箱に封印し、その鍵は海の底に投げ入れた。しかし、物事がどのようにわたしの記憶に入り込み、蓄積して、さらに自分の子どもたちに屈折していくのかは、わたしには思いも及ばない。

堰き止められた水は、新たな出口を探すものだ。子どもたちが自分たちの道を切り開くのを耳にした時、わたしは両手で頭を抱え、「止まってちょうだい!」と命じたが、彼らはわたしには従わず、知恵を絞り、うまくチャンスを見つけて生き抜いていった。

孫の手を握り、その温かさを感じた。わたしの隣には、感性が豊かで純心なハガルが立っていた。翌年六十歳になる自分は、仕返しをしたいと願ってはいなかった。ここに連れてきた息子の娘に、扉をぶち破って侵入した者たちや鞭を手にした支配者たちは、このわたしに打ち克つことはできなかったのだと、その目で見て欲しかった。

お腹にいた子は死んでしまったけど、ここには女の子がいる。

冬が来て、太陽が姿を消した。雷鳴と遠くの爆音が入り混じり、それを、ぴかぴか光る稲妻なのか、闇への閃光なのかで区別した。

解放の数週間前、支配者たちは無差別銃撃をはじめた。工場は空になり、工場主たちはどこかに消えた。解放の前日、わたしたちは労働キャンプに取り残された。

わたしたちは凍てつく夜明けに起き、点呼場所で立って待っていた。しかし、足音は何も聞こえない。思い切ってバラックの外に足を踏み入れてみた。すべてがそのままだった。周囲の鉄条網には錠がかかり、遠くに見える木々のてっぺんは揺れて、以前と同じ森だった。結局、平穏にはかわりなく、何も聞こえなかった。昼ごろ、鉄条網が引き抜かれた。門の警備を担っていた二匹の番犬はすでにその場で射殺され、惨めな死骸となっていた。

労働キャンプにはロシア軍分隊が到着し、わたしたちの恐怖心は新たな権力に向けられた。その連中は、スターリン戦略の下、冷血と悪徳をもって勝利を収めてきたばかりだった。しかし、彼らはわたしたちの姿を目にするなり、すぐに顔を背けた。やせ衰えた女たちの姿は、兵士たちに何の情欲も起こさせなかったからだ。

四人の最後になった整列は、ロシア軍将校たちの前だった。将校たちは、わたしたちに最も大事な身分証明書類を手渡してくれた。そこには、自分たちの個人名が記されていた。わたしもその名前を目にしたが、いったいだれなのか、ぴんとこなかった。

ジェニンはまさにバプテスマだと言って、何度も十字を切っていた。司令室から外に運び出された書机に、三人のロシア人将校が腰をおろしていた。わたしは聖書の記述を思い出した。神は男のあばら骨を取り、それで一人の女を造りあげて二人を園に放った。

クラリサの冷たい手が、かつて錠剤を含ませたみたいに、わたしをぐいっと引き寄せた。ふり向いたわたしに彼女は何も言わず、行列に押し込まれているひとりの女を指さした。その女は囚人と同じ格好でこちらを見ていた。クラリサはその女用にストライプの囚人服を手に入れ、この場で身を隠すようにし向けたのだ。ブリュンヒルデの金髪はすでになく、髪を剃り落とされた頭はごつごつしていた。今までずっと、その頭骸骨を覆っていたブリュンヒルデ風の金髪。頬には血色がなく、その恐怖心はとめどもなく広がっている。女は無言の囚人たちの中にいる。わたしが離れて立つ場所からも、ストライプの間に彼女の豊満な胸が見えた。囚人同様のすっかり剃られた頭。女は最後の審判に臨もうとしている。

「ああ、慈悲深きキリストさま」ジェニンはその女のほうに向けて片腕を伸ばした。その後、地面に唾を吐いて十字を印した。

こうして、混濁するわたしの妄想の中で、ストライプの囚人服を着たその女はいつも地面から現れる。彼女の金髪の巻き毛は肩に垂れ下がり、額にはＳＳマークが血で刻まれている。悪夢の中でも、女はいつも同じ死人の蒼ざめた顔で現れる。女はわたしに寄りかかり、握った手を開き、光る錠剤を見せる。「わたしが悪いんじゃない！」と叫ぶわたしを女はつかんで、錠剤を無理やり口の中に押し込もうとする。わたしは唇をすぼめて口をしっかり閉じ、必死に叫ぶ。「クラリサ、助けに来て！」

しかし、わたしの肩をゆするのは夫だった。「どうしたんだ？　うなされているよ」

ある朝、「君の夢に現れるクラリサって、だれなんだい？」と夫がきいた。

彼女はいつもわたしの記憶の入り口で、行きつ戻りつしている。彼女は見えないところで、人間の尊厳、屈辱、哀しみ、喜び、そしてわたしの嘆きの糸を引く。ガリアの血を引くジェニンの目が、ぜったいに忘れないとこわばるのも、いまだにおぼえている。

クラリサがわたしに言った。「わたしは、あの女を裏切ることはできない。だから、あなたが行って」そして、こうも指示した。「ロシア人将校たちに、ナチスの女が一人、この中に隠れているって言うのよ」わたしはその場で凍りついた。叫びたいのに叫べない。手のひらと錠剤が思い浮かぶ。ところが、ジェニンはすでに整列を離れ、見えない力に押されるように歩調を速めた。ロシア人将校たちに近づき、何かを伝えた。二人の将校がジェニンの後につき、わたしたちの列にゆっくり近づいた。

ジェニンはナチスの女将校の前に立ち、「この人！」と指さした。彼らは女を列から引っ張り出し、ブリュンヒルデは大声で泣き叫びながら手足をばたつかせた。ロシア人将校は女をしっかりつかみ、今や髪のないその頭を殴って女を直立させた。この時、この地面で虫けらの餌食になって横たわる女の頭骸骨が思い浮かんだ。ロシア人将校はあっというまに女の囚人服の上着を引っ張り、引き裂いた。女はさらに泣き叫びながら、両手で上半身を抱えこんだ。破れた上着に見え隠れする胸はわたしたちのとは異なり、実に豊満だった。

ロシア人将校は女の顔を一度はたき、女の力が抜けた。両腕が脇にだらんと落ち、将校はみんなに見えるように、女の片腕を挙げた。腋の下にナチスのマークが、まるで一枚の絵のように正確に描かれていた。将校は激しく憤り、女をもう一度はたいた。女は顔を上げ、並ぶ女たちを順に目で追って、クラリサにまで行きついた。

クラリサは目を背けた。狂女と化したブリュンヒルデは金切り声をあげ、その声はあたりの冷えきった静けさに響き渡った。「クラリサ、助けて！」

ロシア人将校はしばらくそれを眺めてから、女を引きずり出した。女は叫ぶのを止め、将校は女をぼろ袋のように後ろに引きずって一番近くのバラックの裏に消えた。

一発の銃声の後、将校は角を曲がってもどってきた。何事もなかったようにピストルをベルトにもどし、再び書机の前に腰をおろした。わたしは女たちの並ぶ列に目をやったが、クラリサはもうどこかにまぎれて、そこにはいなかった。

目を閉じたわたしには、列全体が一本の長い線に思えて、それは新たな脱皮を終えた頭部と、ロシア人に与えられた服を着ているミミズそのものだった。

あの暗黒の日々以来ずっと、光はわたしにとって災いとなった。

実家にもどってみると、なんと両親は生き長らえていた。老いた父と丸三日間語り合った後、父は小さい鞄に荷をつめた。「わたしがやっと解放されてもどってきたというのに、父さんはどこへ行くの？」

父は戦後のヨーロッパを約二か月間歩き回り、ユダヤの法律上、わたしが未亡人で再婚できるという身上の証明を得ようとした。「あと二人の目撃証言を手に入れてしばらくすれば、世界中に認めてもらえる」

わたしの子どもたちは育ち、この世に生まれなかった胎児の命は閉じられたままになった。しかし、後につづく者たちが、その明朗さとたくましさで小さな命を包み込んでくれた。

以前わたしは、亡くなった前夫の写真を引っ張り出して長男に見せたことがあるが、彼はその話を信じなかった。事実というのは、巨大なジグソーパズルにごちゃごちゃのピースをはめ続けているようなものだ。ピースを見失うと、時々探しはするが、その手を止めたりもする。

移民してきたこの国イスラエルで、道路案内板の前を通るたびにわたしはクラリサのことを思う。もしかして、彼女はこの近くに暮らしているのではないか、それとも、キイチゴのしっとりと滲む果汁の記憶だけを道連れに、遠く離れた場所でひっそりと暮らしているのかもしれないと。

自分の記憶の石を持ち上げて降ろすたび、わたしは何度もひっくり返す。物事は元の形には収まらない。それとも、人は歪んだ鏡か霧の深い日の幻を見ているのかもしれない。窓ガラスに自分の熱い息を吹きかけようとは思わない。なぜなら、二度とはっきり見たいとは思わないから。クラリサは心優しき人々の腕の中に、ジェニンはフランス南部のワイン農家にいて、わたしはテルアビブにいる。ほんのたまに自分の心はあちこち彷徨い、転びそうになったりもするが、もはや今となっては振り出しにもどることはない。

だれもが言う。時は止まることを知らず、天地創造の日にたどりつくには、まず地の淵を降りなくてはならない。いくつもの大陸を越え、膨大な時間の果てに混沌がうずまき、双子の兄弟が押し合ったというリベカの胎内を経て、生成と分解に行きあたる。

そこには巨大な暗黒が現れる。だれもが言う。そのうち消える、克服できるよ、わたしはそのうち癒されると、だれもが言う。わたしは太陽や新たにふりそそぐ陽の光には感謝している。しかし、哀しみや苦しみは、子どもたちの頭の上でほっと息をつくガラスの帽子、わたしにはそう見える。

でも、音楽は守ってくれない

אבל המוזיקה לא מגנה

一晩中、眠れなかった。というか、起きていたかった。

一、二度、ベッドを離れて窓の外を眺めた。時おり、自分がこの国にいることを忘れてしまい、一旦閉めた窓を開けて夜中の熱気を部屋に入れてみる。熱気をともなう蒸し暑い夜に、まだ慣れていない。ここでの夜は、幼い子どもみたいに、いきなりまとわりついてくる。あなたもきっと、明日の結婚式を過ぎたら、そんなふうになるのね。自分たちはまだよそよそしくて、わたしはどうやって人を愛せるのかと自問しつつ、互いになじめないでいる。でも、自分に起こったことすべて、そしてあなたの愛をも素直に受け入れたのだから、この定めに身を任せていこうと思う。

隣の部屋の椅子には、わたしのドレスが広げてある。ユダヤの結婚式を見たことがないわたしには、あなたがこのドレスを気に入ってくれるかどうかわからない。特に探し歩いたわけではなく、生地店に行って薄手の白い生地を買った。もしかして、清められた死者をくるむ白装束用の生地なのかもしれない。

ドレスにはまだ手を触れない。そっと見に行き、部屋の灯りはつけなかった。二本の袖が両側に伸び、まるで十字架に磔にされたあの方の腕のように白かった。ドレスにはほのかな灯りがちらちら映り、それはあたかも十字架に血が流れて、人々が立ち去った後のあの方の傷痕のように見えた。結婚式でのわたしは、あなたの隣に両脇をしめてまっすぐ立ち、顔はベールに隠れる。ウリヤ、あなたのご両親の辛さを思うと、わたしは目を合わせられない。

わたしが六歳か七歳だったころ、本がぎっしり並ぶ我が家の高い書棚には、手を伸ばしても届かなかった。ところがある日、指先に触った本がばさっと何冊も落ち、ページが扇を広げたようにばらばらになった。わたしはそのページに、レース糸のように連なる黒い活字を見た。

母はきっと怒って、わたしを叱るだろう。母が何事にも几帳面なのを知っている。母がピアノを弾いている夕方の四時から七時までの間、わたしは家の中をつま先立ちで歩く。わたしは床に散らばった本を急いで集めようとしたが、母に気づかれないように元に戻すにはどうしていいのかわからなくて途方にくれた。

その中に、表紙が黒と黄色の小さな本があった。本が散らばったのを母に見つかったらどうしようと、怖くなった。でも、その小さな本に引き寄せられた。床に座り込み、表紙に黄色い星のあるその本を開いた。そこに書かれてあったことはもう、くわしくはおぼえていない。数行が目に飛び込んできた。映画館に座っていたある街の幼い子どもたちが、強制連行の列車に乗せられた。ウリヤ、泣いてしまったの。黄色い星から目が離せなくなった。母が部屋のドアを開けた。でも入ってこなかった。コントラバスを胸に抱えて敷居に立っていた。母の足は、その壁のような楽器に隠れて見えない。

「なぜ泣いているの？　ヴェロニカ？」

母は目の前の散らかりようには何も言わず、他人のものに手を触れたわたしを叱りもしなかった。わたしは立ち上がり、母に駆けよった。抱きしめて欲しかったけど、わたしよりずっと大きな楽器に阻まれた。

「子どもの本を見つけたの。子どもたちを汽車に乗せて、夜中にどこかに連れて行こうとした人たちの話。ねえ母さん、だれが作った話なの？　でも、こんな話を子どもたちに読ませるなんて、ありえない」わたしはもう、息苦しくなった。「いったい黄色い星って、空のどこにあるの？　どの星でこんなことが起きたの？　もしかして、この地球なの？」

母はコントラバスを、いきなり突き放した。こんな乱暴なやり方を見たのは初めてだった。そしてわたしをぎゅっと抱きしめたけど、たぶん、わたしの後ろにある散らかった本を見ていたはずだ。「ヴェロニカ、片づけてちょうだいね」なぐさめるような、優しい声だった。

人はみな、幼い子どもの記憶は怪しいと言う。大人はわかっていない。人はみな、あれは想像上の話だと言う。でも、ウリヤ、わたしはだまされない。それがきっかけだった。幼い子どもでも、何かを感じることはできる。自分の中で何が起こったのかわからなくても、わたしには、迫害という名の種が芽生えた。その瞬間、わたしも同じように映画館にいて、連行されるのを待つ子どものうちの一人だった。ウリヤ、あなたのききたいことはわかる。それまでユダヤ人に会ったこともないわたしに、あの子どもたちがユダヤ人だって、どうしてわかったのかしら。

わたしはオーバーバイエルン地域の、人口が千人にも満たない小さな村で生まれた。ニューヨークの高層ビル二つ分、大きなキブツだったら一つの規模。父はその地域の弁護士で、母は音楽の教師だった。

我が家の室内は、静かだった。父は目の前に書類が山と積まれた書斎に座っていた。母は楽器を奏で、それ以外の時間はせわしい蝶々みたいに家中を飛び回り、整理整頓に励んでいた。本は定位置に、カーペットはまっすぐに、いつもポケットに忍ばせた布巾で、窓ガラスに汚れを見つけては、拭き掃除にも余念がなかった。そして、「宿題は終わったの？　あなたの友だちはみんなきちんとしているのに、あなたはどうしてこう、勝手なことばかりするのかしら？」ときいた。そして、わたしをピアノのそばに連れて行く。「さあ、弾きなさい」時には、ピアノのそばに立ち、ぜったいに腰をおろさず、いらついた顔で落ち着かないそぶりでいる。わたしが音をまちがえると、母は楽譜の最初のページをめくり、「はじめから、やり直し」と言う。曲を全部暗譜しなくてはならない時もあった。母は、両手を震わせて頭を抱え、「ちがうでしょう、どうしてそうやって弾くの？　とんでもないわ、ほら、記号があるでしょう」と楽譜を指さす。「スタッカートよ、あなたの弾き方はレガート。作曲者の指示をちゃんと見ないといけません。曲を書いた人は深い思い入れを込めているんだから、弾き手はそれを理解しないと」

母には逆らわず、大声も出さなかった。辛くなったら、外に出ることにしていた。小さな村だから、数分で家々の前を通りすぎ、畑や林に行きついてしまう。自分の生まれ育った地域は、緑につつまれた大地だった。だいぶ後になり、地中海の砂浜に寝そべった時、砂に指を立て、自分で積み上げた小さな砂山に顔を近づけて、指をもっと深く差し込んでみた。その砂浜にあったのは輝く砂だけで、草木の息づきはひとつもなかった。なんて不思議な土地だろう。こんなにも辛抱強く、苦悩さえも輝きに替えてしまう、そう思った。

人は歳を重ね、憧れとため息をつきながら、子ども時代をふり返る。「とても幸せだった。素晴らしい月日に恵まれ、実にのんきだった」と。でもわたしは、そうは言わない。わたしの子ども時代はすべて、ピアノとともにあった。くたびれた手と腫れた指。そんな時、わたしは目の前にある音符が、まるで外で縄跳びをする子どもたちのように見えて、よく話しかけていた。周りがだれも気づいていないとわかると、わたしは音符に近寄って、その子たちに一言、二言、つぶやいた。その後、急いで鍵盤を叩いて音を出し、横道にそれたことをだれにも気づかれないようにした。学校では、〈不思議ちゃん〉と呼ばれ、それが良い意味ではないことをわたしは知っていた。昔ながらの暮らし方をする村人たちは、日の出とともに起き、夕暮れとともに戸を閉めて眠りにつく。彼らはわたしを見て、「ゲルトルートの娘は、夢見る変わった子だ」と陰で話していた。

大工やパン屋や鍛冶屋の子どもたちも、はじめは自由に動き回る子牛のようだが、そのうち先代を引きついで、柵の中に群れて暮らすようになる。オーバーバイエルンのあの僻地で、人々は生き死にをくり返す。日曜日には教会に行き、日陰にある墓地に恐れもなく当たり前に参る。そして彼らもまた、そこに埋葬されていくのだ。

大工の息子も、パン屋の娘も鍛冶屋の息子も、わたしとはいっしょに遊ばなかった。わたしはいつも外されていた。真冬でもバラ色の頬の可愛い女の子ヴィルヘルミナは、くすくす笑って言った。「あの子、村のピアニストさん、また夢を見ているわ」

人は歳を重ねていくが、子ども時代の傷はずっと癒えない。その傷はヴィルヘルミナの頬みたいに、バラ色にはならない。悪意ではじかれたわけではないが、わたしは彼らにはなじめなかった。

改宗したわたしがイスラエルから最初に自分の村にもどった時、家々のすべての戸や窓から人々の頭がのぞき、大通りを渡るわたしを以前と同じようにずっと目で追っていた。はっきり言えるのは、あの子は昔から変わっていたから、今さらおどろくことではないという空気だ。

今では三人の幼い子を育て、恰幅のよくなったヴィルヘルミナが店から出てきた。パン屋を継いだ彼女はこう言った。「ヴェロニカ、ユダヤ人になったそうだけど、あなた、砂漠でもピアノを弾いているの？」

思春期になったころ、なぜ自分はみんなと反りが合わないんだろうと悩んだ。子ども時代は、ピアノに向かう以外はほとんど外にいた。今になってやっと、だれにゆるされたのか、部屋にいて座っている。ウリヤ、それでこうして、あなたにちょっとだけ書いているの。野原の散歩の途中、ふと言葉を失ったみたいに、こっちから少し、あっちから少しと言葉を拾ってあなたの前に置いてみる。そこから、何かくみとってくれるかしら？　あの小さな村のちっぽけな暮らしだけど。

あなた方の信仰はとても深く、夫婦の縁まで天に予告されているというけど、あの辺鄙な村からこの地へたどる道を、あなたはいったいどうやって見つけてくれたの？　わたしはまだ夢の中で時々十字を切っては、はっと目が覚めて、自分はもうユダヤ教の洗礼を受けたのだと言い聞かせる。小さな階段を四段降りて、聖水がはってある大きなたらいに足から入った。白いシートみたいな底で足元がぐらついたが、そのうち落ち着いた。「さあ、身体を沈めて」と女性のラビはわたしの手の指を一本ずつ広げて導いた。膝が震え、沈めた身体の周りには、いくつもの水輪が次々に生まれてくる。「怖がらないで。目をつぶって、祈るのですよ。周りに聖水が入ってきますから」

聖水がわたしをとり囲む。

「さあ、祝福の祈りを」

わたしは女性のラビの文言をなぞった。水滴が喉に入り、言葉がつかえた。

「もう一度、祝福の祈りを」

怖くはなかった。わたしの祖父は司祭で、その弟はナチ党員だった。わたしはカール・エルンストとゲルトルート・シュミットの娘のヴェロニカ。聖水に浸かり、もう一度浸る。恐れることはない、そうつぶやいて、わたしはユダヤ教に帰依した。

涸れた沢にゆっくり流れつく水のように、そのうちおどろくことにも直面した。わたしはあたかも目が不自由で、光と闇を交互に手探りする者となり、狭い通路にかかる雲の中にいた。何かを見つければ、その奥にもっと隠れているものがあるということを、すでに知っていた。

ほんの少しだけ、ユダヤ人の書物を読みはじめ、神秘主義にはおどろかされた。わたしは彼らの額に刻印を探し、その後自分の額を確かめに鏡の前に行った。わたしの先代たちがその侮辱の刻印を目にしたかったわけだが、わたしにとっての独自の隠された印は、自分の内面にあった。孤立する弱さではなく、屈しない強さの現れであった。

わたしは過去の苦悩と追放の歴史である抑圧の記録を夢中で読み、彼らの哀しみに心を痛めた。彼らが狂信的に守り通した特異性が、災いの源になった。わたしはもはや拒まれてはいず、拒む側にいた。

自分の生まれ育った村と音楽に背を向けたという苦い思いはあるが、わたしはその場所と自分の生まれた時代に抗ったのだ。歳を重ねるうち、あの時代の誤りが絡みつくそうした内面を抱え、わたしは自分を立て直しながら、ゆっくりした流れに舟をこぐ。

いつだったか、うす暗い部屋で人々といっしょに座り、互いの手を握り合った。テーブルの上にグラスが動いていた。ウリヤ、わたしは正気だけど、わたしたちは自分たちの内面についてはほとんど知らない。ドイツの鉄道は改善され、もう煙ははかない。自分たちは空を飛ぶことを学び、発射音なしに鳥を撃ち殺すこともできる。なのに、わたしたちは無知なのね。

ウィジャボードの上を動いたグラスが語ったところによると、前世のわたしはザカリヤという名の若者だったという。わたしはエルサレムの街を歩き、焼き菓子やパンケーキのようなものを売っていた。エルサレムのザカリヤが死んだ日、わたしの父であるカール・エルンスト・シュミットがこの世に生まれたという。

降霊者の元に行く前、わたしは自分の父と母に、うちの先祖にユダヤ民族の血があったかときいたことがある。父が言った。「自分たちに災いがかからないように、書類は全部燃やした」それに、言い訳もあった。「自分たちだけではない。だれもが荒れ狂う恐怖の中で祖父母たちの書類に火をつけた」母は絞り出すように言った。「わたしたちの三代前に、メンデルゾーンとか、イズラアレスと呼ばれた人たちがいた」しかし母は周囲のドイツ人たちを警戒して、毅然としていた。

あなたはわたしに、「ゲーテやベートーベン、シラーの子孫が、いったいどうして死の儀式の祭壇を築くことができたのだろう?」ときいたことがあった。「街の広場でのそうした行事に、何ゆえに歓声をあげることができたのか?」と。わたしはあなたに、こうした荘厳な文化には残忍な香りも含まれると言ったわね。栄華と残虐は表裏一体のもの。今も人々は、「知らなかった」「聞こえなかった」と言う。ユダヤ人を乗せた貨車は村々のそばを通り、貨車の中から、「水を！　水をください！」と叫び声が聞こえるのに、ゲーテやベートーベン、シラーの作品は、貨車の窓には届かなかった。人々は、自分たちの小さな庭と死者たちの地獄との距離を言い訳にする。「そもそも自分には関係なかった。あの人たちとは、互いに拒み拒まれていた」と。「わたしに関わらないで」と。わたしは心の中で、人々の沈黙に向かって何度も叫んだ。『だれか、わたしの中から、この不純なものを取りのぞいてください！』と。

ウリヤ、あなたはまだナチスに追われている夢を見ると言った。あなたはお母さんの言う〈わたしたちは、地獄にいた〉の呪縛から、一日たりとも逃れられなかったと言った。生き延びた人たちは、「悔い改めよ、然らば救われるのだ」と急き立てられた。ドイツの殺人者の次世代は、さらにつづく世代の子どもたちの前では正当化される。「ほんとうに、知らなかったんです」

わたしはまたいやな気もちになるが、かといって解放されるわけでもない。

焼き菓子やパンケーキのようなものを売り歩いたザカリヤ。わたしは地図を見て、エルサレムという街が、世界の端の高地に身を寄せているのを見つけた。

ウリヤがヴェロニカと初めて出会った日、イスラエルの天候はたいへん荒れていた。風は小型トラックの荷台のタープに始終吹きまくり、その音がうるさいので、彼らはタープを外した。遠くに砂煙が上がり、それは崖に向けてゆっくりと流れていく。

ウリヤはそこへ行くたび、異界に迷い込んだかのように洞窟を探し、一旦は、そこに棲みついて修行することを思うのだが、海の音を耳にすると、再び世俗にもどろうと強く思い直すのだった。山と呼べるほどの山はない。人間の及ぼす危害から身を守ること、それが日々の山の定めでもある。吹きつける砂は、山肌に混じることはない。海は山の怒りを鎮め、老いを食い止める。

「ウリヤ」友人が肘をつつく。「何を考えこんでいるんだ？　もうすぐ海に着く」

ウリヤは、タープを外した小型トラックの前に広がるなだらかな砂山に目をやった。陸地の色が筋を引くように長く伸びている。土はとても軽く、舞い上がってはまた降りて、実に軽々とその地にもどる。

小型トラックは、でこぼこした悪路をふっとばしていく。前にも後ろにも人影はない。かなり長くとばした後、その女性が道路脇に立っているのが見えた。彼女はたいがいのヒッチハイカーがするように、片手を挙げてはいなかった。背中にシュラフとザックを背負い、路肩に立っていた。両肩の赤い二本の紐が、ウリヤの目に入った。

遠くからは顔はよく見えなかったが、見慣れない亜麻色の髪の毛先が、両肩にちらっと見えた。

車が近づいても、手を挙げようとも動こうともしなかった。ただ、崖を背にした路肩に立ち、その背景にうまく収まっていた。

車が停まった。

「どこに行くの？」ウリヤの友人が女にきいた。

「南の海のほう」おだやかだが喉に引っかかる声だった。

「乗っていいよ。おれたちもそこに行くんだ」友人が言った。女は背中からザックを降ろし、開いたドアから押し込んだ。ウリヤは手を伸ばして、それを車の中に引き上げた。彼女とウリヤの手が触れ、小さな弦がぷつんと切れたかのようだった。しかし、それ以上のことはなかった。

彼女が細い体を持ち上げて車内に入った時、彼はこうした出会いは運命かもしれないと、ふと思った。が、しかし、あえて気にはとめなかった。


その後、わたしは母と弟を誘って、再び聖地への旅に出た。着陸態勢に入った飛行機の窓からのぞいてみたが、わたしにはよく見えなかった。その薄暗さに目を凝らすと、小さな灯りがちらちらしているだけだった。ほら、ユダヤ人たちの住む家がそこにある。

あなたがポケットから、男性のユダヤ教徒の丸帽子キパを取り出して、頭にかぶるのをはじめて見た時も、思わずここにユダヤ人がいると、同じように胸が高鳴った。あなたはその日、お祖父さんのお墓参りにわたしを誘った。あの墓所でキパをかぶったあなたの頭が、長い間ずっとわたしの中で息を止めていたあの何枚かの写真の人々の姿と重なった。わたしの愛する人はユダヤ人。わたしはそれを口には出さず、あなたに手を差し出した。

天地創造のいきさつはだれもが知っていて、わたしも天におられる方について学んだ。あなた方の慎み深さ、辛抱強さ、そしてあなたの愛がいとおしい。どなたかが、あなたとわたしの縁を紡いでくれたのを忘れない。夜になると、わたしはそっとそうつぶやく。

もうすぐ、あなたは再び謙遜のキパを頭にかぶる。ふだんは、自分の愛する人がキパを外しているのを、わたしは咎めない。この国では、ほとんどの人が何もかぶらずに歩いている。だれにも見えないけど、わたしには透明のキパが見える。

飛行機では、母と弟がわたしのそばに座っていた。母はそっとわたしに触れたが、わたしは動じなかった。司祭だった祖父は昔、無実の罪の死を教会で説教した翌朝、秘密国家警察《ゲシュタポ》に出頭を命じられた。ナチ党員だった祖父の弟が嘆願に出向いたが、兄は罪のない子どもたちの死を憐れみ、良心に誓って弟を殴った。弟は、「匿ってやろうか」とも言ったが、祖母が恐れて、そうさせなかった。

もし、あなたとの間に子どもが生まれたら、わたしの先祖が顔を背けたあのユダヤの子どもたちは、わたしを赦してくれるかもしれない。

飛行機が着陸した。周囲の乗客が立ち上がり、服や荷物を手に持ちはじめた。

「行かないの？」母がわたしにきいた。弟は母の手を引いた。

近くにあるハッチに、あえて目を凝らさなくてもいい。わたしにはもう、喜びへの道が示されているのを、あなたは知っていると思う。

飛行場ロビーの喧騒の中で人々は叫び合い、メシアを待望する人々は跳びはねて喜びを分かち合っていたけれど、わたしはだまっていた。自分が得たこの国との縁を、あえて彼らとは分かち合わない。なぜって、自分の家に帰って来たのだから。

次第にわくわくする思いで布は縫われ、刺繍されていく。喜びに満ちて時がすすむ。

母と弟といっしょにエルサレムに行き、マサダに登り、海辺にも行った。わたしはずっと、花嫁の冷めた目で見ていた。ひとりにして欲しいとたのんだが、子ども時代と同じく、母がわたしを自由にしてくれなかった。ドイツに帰国する直前、母は言った。「もう一度考えなさい。でも、もし召命が下ったら、迷わず行きなさい。あなたが自分で選んだ道なら、世界中どこにいても、あなたはずっとわたしの娘よ」

おそらく母も、先祖の負った重荷を解くために、わたしを手放したかったのかもしれない。これ以上自分の手に負えないのを、母は知っていた。

わたしはドイツにもどったが、心はもうそこにはなかった。

一九七三年のヨム・キプール戦争〔第四次中東戦争〕の時、母の前で泣いた。「母さん、わかって、自分の居場所を見つけたの」母は言った。「あなたはあの人たちを知らない。あなたを受け入れてくれないかもしれないし、あなたを追いつめるかもしれない。罪もないのに罪をなすりつけて、あなたを苦しめるかもしれない」そして最後に言った。「母はたとえ共に餌食になろうとも、何が起ころうとも子どもをずっと愛し続ける。死んだ子どもにでさえ、母の愛は届く」

ヴェロニカは受難の道に立っていた。あの方が現れた。細い脚、頭にはイバラの冠。人々はその方を蔑み、大声で罵る。「ユダヤの王が来たぞ」そして、その方に唾をかける。

ヴェロニカが取り出したスカーフは風をふくみ、人々の邪悪をぬぐいさろうとし、彼女はその方の後について行った。

「婦人よ、あなたはだれか？」その方がきいた。

「苦難の御方よ、わたしはあなたのはしため、ヴェロニカと申します」

「なぜ泣くのか？」その方は言い、彼女の慰めを請うた。

ヴェロニカはスカーフでその方の顔の血と汗をぬぐった。そして、彼女は木の十字架のくびきを解くように願った。

ローマ兵たちは彼女がまるで汚らわしい犬かのように、銃剣で道の外へと追いやった。

スカーフを広げたヴェロニカは、そこにその方の顔が写っているのを見た。スカーフを抱きしめ、その方の赦しを請うた。それが聖ヴェロニカだった。

あの日、南の海岸沿いで小型トラックを降りたウリヤは、二つの酸素ボンベを二本のベルトで背中にしっかり繋いだ。

足ひれをつけて海に近づいた足跡が、砂に残った。彼の姿は何か海の生き物のようでもあった。旅人ヴェロニカは、旅の荷を背負って浜にいた。ウリヤはにっこり笑って、海面に飛び込んだ。足ひれが沈み込み、その後、心地よい音が生まれた。彼は海の明るさが消えて、青くなるところまで潜った。

潜っている音は、浜までは聞こえてこなかった。魚の群れが珊瑚の後ろを泳いでいく。ほかの群れが、別の場所から泳いできた。海の中では、だれもがうまく生き合っている。魚もダイバーも、自分の潮の流れをちゃんと見つけているようで、だれ一人、どの一匹もぶつからない。もしかしてウリヤには優れた探知機が備わっているのかと、ヴェロニカは何度も思った。彼は珊瑚の新入りみたいになじんで見えた。

唄ってみたい、とウリヤは思ったらしい。しかし、歌声の代わりに、あぶくが飛び出してきた。あぶくの輪は音をたて、新たに生まれた魚の群れのように、ダイバーから遠ざかっていく。ウリヤは上向きになり、青い光はもっと濃くなった。身体がひっくり返っても、魔法は解けない。

ウリヤはヴェロニカを水中に誘い、上向きにしてキスの雨を降らせた。彼女はウリヤにしがみついた。「これっきりじゃないよな?」彼はきいた。「でも、ぼくは君の夢に映っているだけなのかもしれない。ぼくウリヤはごく当たり前の男。心の安らぎのない国で生まれ育った。君とつきあうのは、じっさいむずかしいと思う。ここは戦いがつづく鉄の花畑だ」しかし、彼がヴェロニカに近づくと、さらなる魔法が二人の周りにかかった。何日も離れ離れになろうとは、彼は思いもしなかった。

浜に上がった彼は、ヴェロニカの胸の内を岩から染み出す水のように、ほんの一滴ずつ聞き出した。しっかり耳を傾けたが、信じがたい話だった。いったいだれが、彼女をこの男の元に導いたのだろう?

ヴェロニカが砂浜や空を見つめている姿に、ウリヤは引き込まれた。じっと見つめる彼女の目は動かない。大事な何かを壊さないように、彼はそっと近づいて行く。日の出や日の沈みにも涙するほどの感性をもつ、なんと繊細な女性だろう。「ここでは、夕日に涙する心は受け止めてもらえないよ」

「気にしないわ。自分の家を見つけたの。産みの苦しみを、だいぶ後になって感じる人たちもいる。生まれるのが、たぶん百年おそかったのかもしれない」

彼女は彼に、霊魂についてのちょっとした神秘的な話をした。ささくれだったこの国では、その手の話はそう頻繁にしないほうがいいかもしれない。

海に入ったウリヤは、そばを通る魚にさわった。「こっちにおいで」魚に声をかける。おどろくことに、魚は逃げずにそばに寄ってくる。彼の目は大きく見開き、そして思わず目を細めた。

「なあ、魚くん、君はいったいどこへ行くの？　ぼくがどこに行くかって？　ぼくは君たちの海のお客さんだ。おそらく君たちだってホームシックになって、陽の光が恋しくなると思う。魚くん、ぼくはすてきな白い肌の女の子と巡り合った。その子を君たちの青い海に連れてくるよ、彼女はきっと白く輝く」

海から上がり、濡れたダイビングスーツを脱いだ彼に、波打ち際で跪いている彼女が目に入った。ヴェロニカは彼の元にかけより、泣かずに小声で言った。「もう、相手にしてもらえないかと思った」

ウリヤの濡れた手が、彼女の亜麻色の毛先をなでた。その髪は機織りの織り糸だと昔話に書いてあった。手のひらの塩が彼女にもかかり、互いの心は寄りそい、青い光は白い光に熱き思いを尽くす。


キブツの保育室で、乳幼児の洗濯物を数人でたたんでいた。小さなズボンやシャツの袖を伸ばしてたたみ、何枚も高く積み上げるのは、そんなに重労働ではない。洗濯物のそうした山を、自分の子ども時代に積み上げたことはなかった。

洗濯物の山は成長しつづける人間の証でもあり、子どもたちの笑い声も壁の向こうから聞こえていた。わたしの近くに、食堂への道すがらに挨拶する程度の婦人が立っていた。わたしはもう、キブツでの実に気のいい、そして親切な人々に慣れていた。

「ドイツにはいつもどるの?」その婦人がいきなりきいてきた。わたしはたたんでいた小さなシャツの袖を握っていた。

「わたしは、ここにずっといます」急いで答えた。そういう質問にも慣れていた。

「決断が早すぎ、そう思わない?」彼女は、自ら答えもした。「あなたは、招かれざる客よ」

答えに困り、わたしは「失礼ですが、あの国のご出身ですか?」と、きくしかなかった。

「そんなことはもう、どうでもいい。でも、ドイツの少女だった。ほかの人たちはあなたには優しいけど、わたしはあなたの近くで働くのもいや」

母が言ったように、ある人々の拒絶はまだ続いているのだった。

その婦人は子ども用のシャツを床に投げるも、その部屋から出ていこうとはしない。彼女は、わたしがかがんでそれを拾い上げ、シャツの両袖を合わせて山のてっぺんにのせるのを目で追っていた。

わたしが出会ったホロコーストの生還者の中には、むしろ犠牲をこのわたしと共有したいとする人さえいておどろかされた。キブツでも、ヘブライ語教室でもわたしの元に来て、自らの体験を話そうとし、決して嘆き悲しんだり怒ったりはしなかった。わたしは一生懸命に受け止めようとした。気分が悪くなったこともある。犠牲者は拷問の記憶から逃れられず、わたしのような恵まれた者の姿を目にすることに、苦痛を感じるのかもしれなかった。でも彼らは一度としてわたしを責めなかった。わたしの肩を軽く叩き、彼らの耳元で止まない声を一緒に聞いてほしい、という視線を向けた。

しばらくして、キブツの代表が保育室に来た。「デボラはどこにいる？」

「デボラさんはくたびれてしまったようです。でも、わたしはだいじょうぶ、子どもたちの洗濯物たたみは問題ありません。まだ続けられます」

洗濯物はわたしの背に届くほど積まれていく。いつだったか、子どもたちの靴の山の写真を見たことがある。ほとんど履いて歩くことのなかった靴。

ウリヤ、あなたのお母さんを思うと、胸がしめつけられる。お父さんはだまって何も語らない。そっと垣間見て、お母さんにはわたしを受け入れがたいのがわかった。

わたしは伝統を重んじ、律法と祝祭について学んでいる。ハヌカ〔灯明祭〕というユダヤ教の祭りは冬至に近く、クリスマスと同じように光輝く。ペサハ〔過ぎ越しの祭り〕はまるでイースターで、シャブオット〔七週祭〕はペンテコステ〔キリスト教の聖霊降臨日〕に近い。わたしは今、断食について学んでいる。食卓に食材を置いてはいけないという。新年の後にはヨム・キプール〔贖罪の日〕、ティシュア・ベアヴ〔アヴの月の神殿崩壊哀悼の日〕、プリム〔仮装祭〕はペルシャの王妃エステルの祝祭日。

自分がユダヤ教の洗礼を受けたいと思った時、女性のラビはドイツとは言わず、「あなたの国のように」と言いかけて、「われわれはたいへん疑い深い。あなたの決心がゆるがないものかどうか、われわれには判断が難しい」と手厳しかった。

あなたのお母さんが玄関のドアを開けた。わたしの目の前に、身を縮めた小柄な婦人が立ち、両手を胸に組み、わたしには手を差し出さなかった。

「母さん」ウリヤが手ぶりで紹介し、優しい声で言った。「ヴェロニカだよ」

お母さんは顔面蒼白のまま、唇は不安げにぽっと開いていた。

わたしは肘掛椅子の端に腰をおろし、小刻みに震えるのを見られないように両膝を閉じた。

部屋中に重い沈黙が広がった。お母さんと目を合わせないように、部屋の壁とそこに掛かる絵を見ていた。

ひまわりの絵が一枚あり、わたしはその息づく黄色を吸い込み、苦しくて泣きそうになった。

お母さんはいくつか質問をしてきて、わたしは素直に答えた。

「ご両親は、何をされて、どういう方なの？」

わたしは答えた。

「何歳くらいかしら？」

「母は戦時中子どもだったそうです」そして、「でも、父は国防軍の兵士でした」と、つけ加えた。

お母さんは、しばしだまった。「どの街の出身？」

「街ではなく、村で生まれ育ちました」

「その村には、どの鉄道が通っているの？」

ウリヤがお母さんの腕に手を置き、彼女はそれを払おうとしなかった。

「あなたのお母さんは、あの貨物列車が通った時、きっと何かを演奏されていたんでしょうが、でも、音楽は守ってくれなかった」

ウリヤのお父さんが部屋に入ってきた。わたしは立ち上がった。お父さんはあっというまにわたしの両手を引きよせ、わたしを捕虜かのように見つめた。そしておだやかな声できいた。

「今もピアノを弾いているのかい？」

わたしはうなずいた。

お父さんはわたしの手をその手に重ねて、握った指を一本ずつ開いて言った。「ピアニストの手ではないな」

わたしは自分の手を引こうとしたが、お父さんは強く握ってはなさない。お父さんはウリヤをまっすぐに見て、まるでその部屋に父と息子の二人だけしかいないかのように、もう一度低い声で「ピアニストの手ではない」と言った。

その後、全員でテーブルについた。わたしの前の皿に、にごった沼に沈んだような灰色の肉団子があった。吐き気がしたが、皿を押しやることはできなかった。匂いをさけて息を止めた。お母さんはわたしを見て、「さあ、どうぞ召し上がれ」と言った。

テーブルの下で、ウリヤがわたしの膝をつついた。手は暖かかったが、別人の感触だった。わたしはフォークを握り、肉団子を小さく切り分けた。その一片を肉汁につけて口に運んだが、味がしなかった。

お母さんが言った。「ゲフィルテ・フィッシュという代々伝わる魚料理なの。わたしたちユダヤ人は伝統を守り、すぐに忘れたりはしない」

もうすぐ、この両親が白いドレスを身に着けたわたしを先導してくれる。あなたが耳元で「君は花嫁」とささやき、人々は輪になってぐるぐる回る。大柄な男が輪を取りもって、喜びが沸き上がる。

もし、わたしがお母さんにとって招かれざる客の白い蜘蛛だとしたら、強い風当たりから自分の息子を守ることに徹するだろう。両親にはとんだ重荷を背負わせてしまった。彼らは壁をたててそこにこもった。そしてあっというまに、その壁はひび割れて、足元がくずれている。ウリヤ、あなたはご両親の救いをどこに見つけるの？


「お名前は？」初対面の時、ヴェロニカがきいた。

「ウリヤ」

「お名前の由来は？」

「亡くなった祖父のウリからもらった」

「ウリについたヤの意味は何？」

ウリヤはしばし考えて、「ヤは、ヤーウェ、神のこと」と言って、二人のそばにあった小枝を手にとり、砂の上に字を書いた。

「砂に、神さま？」彼女はきいた。「つまり、その名を文字で書いたり発音してはいけないのね、本で読んだわ」

「でも、神も変わった」彼が言った。「もう世俗に触れた」

わたしは聖書を開き、あなたの名前の由来を見た。人の名前は、その人の新たな皮膚や手足や臓器の命となる。父と母の間に子どもが生まれた時、その子の運命は両親にはわからない。親が与えた名前は、願いを込めたひとつの鍵で、そこに運命の道が隠されている。

わたしは聖書の中で、ヒッタイト人ウリヤを見つけた。ウリヤには、エリアムの娘バテ・シェバという妻がいた。娘のバテ・シェバが姦淫したのを聞いた実父エリアムは、自分の服を破き、娘は死んだことにした。王と姦淫した娘を、父は赦さなかった。王といえども、ただの普通の男だ。王はバテ・シェバを手に入れるため、邪魔者をふるいにかけて排除するごとく、その夫ウリヤを戦死させた。

あなたたちはこうした事実に目をつぶっている。王国の最盛期を築いたこの王は、肉欲だけで人を殺したのだ。彼の元へ預言者ナタンが遣わされ、その罪を咎めた。そして今もまだ、ダビデがウリヤを殺した剣は、彼の家からも、あなた方の家からも解かれてはいない。

改宗後にドイツにもどったわたしに、母がきいた。「あれだけの残虐な目に遭っても、彼らはどうして神を信じられるのか、わたしにはわからない。あなたはその無情な神に顔を向けているのよ。わたしたちの神さまは、もっと憐れみ深いわ。神の子だもの。キリストにおいては十字架の釘は研がれ、贖《あがな》いは準備されていた。ユダヤ教の神が寛大であったならば、信じる者たちを苦しめ、あれだけの血を流さなくてすんだはずなのに」

今晩わたしは、旧約聖書のウリヤは罪を犯してはいない、とあなたに言う。でも、おそらくウリヤは、ただ王の血筋を引き継ぐために安易に王と寝た妻をたいして愛してはいなかっただろう。それに、妻であるエリアムの娘バテ・シェバも、王のことは愛してはいなかった。王の権力への畏れだけで、王と寝たのかもしれない。聖書には、亡き夫ウリヤへの妻の哀悼が記されているが、すでに王の子を宿している身で、夫の死を嘆き悲しむことなどできたのだろうか？　聖書の次の章では、その王の子は死んだと書かれている。子の名前は記されていない。産婆以外は子の父を知らなかったし、その女も明かさなかった。

でも、その男の名前はただのウリヤではなく、ヒッタイト人ウリヤと聖書に書かれている。ことによるとあの時代には、ウリヤという名の男が多かったのかもしれない。

「わたしたちには、なじみのない信仰だわ」母が言い、父も同意した。「彼らは決して自分たちを正当化できないいな」

わたしは彼らから発せられるほかとは異なる光を、あえて選んだ。子どものころから、村の子どもたちとはちがっていた。もし自分がちがっているのなら、別の仲間に入らなくてはならない。

はじめのうちは、その信仰は一途なものだと思っていた。神は父ひとりだけで、子も聖霊も、聖母マリアもない。新約聖書では、処女懐胎からナザレのローマ兵の記述まである。でも、自分が改宗した後も、近づけば近づくほどユダヤ教の神はわたしから遠のいていく。その全容がわかるには、あと何年もかかるだろし、一生かかってもつかみきれないかもしれない。自分がよそ者なので、神さまは警戒している。でも、わたしには心の準備ができている。この信仰のほんの一部しかわからない身で、わたしはあなたのところに来た。あなたはひとりで両親の元に行き、わたしたちが結婚すると伝えた。

ご両親がそれを聞いて嘆いたかどうか、あなたが家にもちこんだ危い種を拒んだかどうか、あなたはわたしに語らなかった。

わたしが尋ねたら、あなたは答えた。「だいじょうぶ、両親はきっと君を愛してくれる」人々は純に愛する人たちに出会えたと思ったとたんに、愛のかけらもないよそ者たちに取り込まれてしまうものだ。わたしたちドイツ人には、夫の両親を新たな肉親ととらえる習慣がある。義理の両親を、〈お父さん〉、〈お母さん〉と呼ぶ。ウリヤの両親とは、共に人生の峠を越える前に、わたしたちはすでに憎しみの柵に絡まっている。

三日前、あなたのお母さんから電話があって、家に来るようにと言われた。二人だけで会ったことがなかったから、正直びくっとした。

ドアをノックしたけど返事がなく、もう一度ノックした。今に思えば、呼び鈴を鳴らせばよかったのに、気づかなかった。悪いことばかりが頭を巡った。お母さんにだまされたのだろうか？

いきなりドアが開き、お母さんがそこに立っていた。薄暗い夕暮れに落ちた影みたいだったのは、家の中に灯りがついていないからだとわかった。

前回と同じ肘掛椅子に腰をおろし、両膝の上に手をそろえた。お母さんは、わたしの顔を脳裏に刻みこむように両手で自らの顔を覆い、隣の部屋に行った。そして、小さな紙包みを持ってもどり、わたしに手渡した。

「開けてごらんなさい」

わたしは破らないように、紙をていねいにはがした。小さいバッグのような黒のベルベットのポシェットが現れた。ポシェットは二本のより糸で結んである。裏には細かい真珠のビーズがすてきな花模様に刺繍され、縁には薄い銀貨が何枚も縫い込まれ、心地よい音がする。

「とってもすてき」思わず声が出てしまった。

「もらってくださる？　あなたにお返ししたいの」

わたしは、『えっ？』という目を返した。彼女はどう話そうかと迷っていた。近ごろは見慣れないポシェットだった。お母さんは腰をおろし、わたしのそばに椅子を寄せ、か細い声で言った。「いずれこれが持ち主に返せると信じて、長い間ずっと手放さなかったのかもしれない。イギリス軍がパレスティナに移民しようとしたわたしたちを、大きな船から小舟に乗せてキプロス島に追放した時、ひとりの兵士がわたしの持ち物を全部ひっくり返した。やつは、このポシェットを拾い上げてぶらぶらさせ、いきなり、これは何だってきいたの。ひったくられそうになって、やつの手をつかんで叩き落とした」

「ご実家から持っていらしたんですか？　ご家族の形見ですか？」

苦笑というのだろうか。「家族の思い出や形見はここにある」お母さんはそう言って、自分の頭を指さした。

その家族の思い出や形見は、いずれわたしの子に受け継がれる。なぜって、その子たちはウリヤの子どもでもあるのだから。

「さあ、ポシェットを手に持ってみて」

一瞬迷った。お母さんはその手をわたしの手に重ねて、柔らかいポシェットに載せた。「新品みたい。ビーズは一個も欠けてないし、虫もついていない」わたしは言った。さらに、刺繍にも指を載せた。華奢なビーズに、ちくっとした。

「デリケートな手」お母さんが言った。「ピアニストですものね」

二人の少女が収容所の外に出た。肌にぴったりの臭いの染みついた囚人服に素足。解放しに来たロシア軍はただ収容所の外壁を壊しただけで、寒さよけの上着はくれなかった。

ロシア兵たちはその街のドイツの家々を指さして二人の少女に言った。「あっちだ！　行って、自分たちの靴でも、何かかっぱらってくるんだ」

彼女はおぼえている。五月という季節はまだ寒い。壊れたドアに吹きつけるびゅうびゅう鳴る風の音で、すでに押し入った先客がいたのを感じた。

汚れた足のつま先立ちで、二人はその家に入った。まず台所に入ると、テーブルの上に二個の深皿があり、すでに固まったスープが入っていた。スプーンとフォークが斜めに置いてある。ナイフが一本、テーブルの脚の下に落ちていて、その後ろに椅子がひっくり返っていた。二十世紀のポンペイ・パニックがここにある、と思った。

その後、上着と靴を探しにほかの部屋にも入ってみた。大きな部屋にロシア将校が横たわっていたが、頭は後ろにのけぞり、口は歪んでいた。口からの吐しゃ物が、軍服の襟まで広がっていた。二人の少女はさらに怖くなった。将校は死んでいる。自分たち二人に殺人の罪がふりかかり、またしても刑務所に送られるのかと、内心ぞっとした。

ロシア兵が二人入って来て、ライフル銃のピンを抜いた。

少女は「ユダヤ人です」と大声を出して、自分の胸を指でつついた。

一人の兵士がイディッシュ語で「わたしもユダヤ人だ」と言った。

少女は、その見知らぬ男の腕に飛び込んで泣いたのをおぼえている。

彼は「さあ、早く逃げるんだ。女たちを鉱山の仕事に移送している。ドイツ人の元で働けるのなら、おれたちロシア人のためにも働けるはずだ！　ってことさ」

「わたしたち、家に帰りたいんです」

「そりゃ、はるかに遠いぞ」

兵士は食糧庫に行き、大きな袋を引きずって返ってきた。

「この砂糖をスロバキア人たちにやれば、食べ物をくれる」兵士はそう言った。その後、兵士は部屋をまわり、収納庫を開けた。

「革の財布みたいなものを探すといい。やつらにとっては最高の品だ。それをやれば、国境越えの道案内までしてくれるかもしれん」

二人の少女は、家中の部屋をまわった。彼女はダブルの鉄製スプリングベッドを思い出す。整理ダンスの上に家族写真があった。妻の肩を抱く背の高い男、その間にはさまっている男の子、笑っている。

収納庫から、うっかりSSの帽子が転げ落ち、彼女はそれを部屋の隅に蹴っ飛ばした。その時ふと、このポシェットに目がいった。

「わたし、ものすごく若かったの」ウリヤのお母さんは申し訳なさそうに言った。「丸三年間、美しい物にまったく触れなかった。だから、このポシェットがわたしには輝いて見えた」

このポシェットにあたる光の輝きが、まるで別世界からの癒しのようだった。ウリヤのお母さんはそれを肘に巻きつけたという。その可笑しな光景が、わたしには手にとるように見えた。ドイツ人の寝室で囚人服の二人の少女が立ち、その一人の肘にはおしゃれなポシェット。囚人たちの夜会を思い浮かべた。囚人番号が入れ墨された全員の手が天井に向けられ、まだ囚人服を身に着けている者が、踊りはじめの特権を得る。おしゃれなポシェットの中身は、テーブルで拾い集めたパンくず。お母さんは以前、「でも、音楽は守ってくれなかった」とわたしに言った。収容所から逃れた全員が素足で踊るであろう夜会。その主役はきっと、黒い革の財布やおしゃれなポシェットにちがいない。

その後、二人の少女はドイツ人の家を出て、ロシア兵の後について通りまで行った。ドイツ人たちは、ロシア兵の報復を恐れて家に隠れていた。

二人の少女は一人の兵士の後を影のようにつき、ドアに鍵のかかった家に行きついた。兵士はドアを力いっぱい叩き、ぎこちないドイツ語で怒鳴った。「開けろ、犬めが、ドアを開けろ！」

老女がドアを開け、身を縮めて引き下がった。兵士は少女たちを連れて、その家に入った。部屋の隅に二人の男が立っていた。兵士はライフル銃の銃口を収納庫に向け、主人がそれを開けた。

兵士は再び銃口を二人の少女の素足に向け、それを察したその家の婦人が、ありったけの靴を外に放り投げた。茶色や赤、大きいのや小さいの。兵士はライフル銃の銃身で、子ども用の靴を丹念にひっくり返して選び、二人の少女の足に履かせた。ウリヤのお母さんは、その家のドイツ人の靴を履き、国境を越えて故郷に帰ったのだ。

「このポシェットを手放せなかった」彼女はそう言って、ポシェットに結ばれた二本のより糸を緩めた。「これを見ると、あの場所を思い出す。どこへ行くにも身につけて、ここまでずっと手放さなかった」

そして言った。「どうか、もらってちょうだい」

そのうち、自分の子どもたちはこのポシェットで遊ぶだろう。一人がより糸を外し、刺繍してあった真珠のビーズをばらばらにして、家中に散らばせるだろう。わたしは床を掃き、わたしの足の裏に一個の真珠が突き刺さる。

お母さんといっしょに座っていたが、部屋の灯りがなかったので、彼女の顔は見えなかった。重い闇がわたしたちを覆い、ポシェットもその闇に呑み込まれるまで、わたしはずっとそれを握っていた。

わたしは過去をさかのぼって読み解こうとは思わない。いずれにしても、文字は反転してもどってくる。海面には氷山の一角が突き出ているだけで、海底まで海中に深く沈む大陸は全く目に見えない。じっさい、先祖と子孫の間に広がるこの大地は、神の御心だけに覆われていると、わたしはかたく信じる。でも、きっとだれかは、君は感受性が強すぎるんだと言うにちがいない。

この国で多くの人々と出会い、彼らはおどろきの目でわたしを見る。ある人はわたしを部屋の隅に連れて行き、だれにも聞こえないようにそっときいた。「ヴェロニカ、君はいったい何人なんだ?」

わたしには二つの魂が同居している。夢では子ども時代のドイツ語で話すが、ヘブライ語の単語も多く入り混じる。夢の中ではどちらが目立つというわけではなく、パッチワークでもない。何本かの沢が、一つの方向に向かって大きな流れになる。

目が覚め、街の通りに出てみると、世界のあちこちから移民した人々のその喜びにおどろく。ドイツの街の通りでは、オーバーコートだけが目に入る。そのコートは重く、それをまとう人々に活気を感じることはない。

この国のバス停で、だれかが不意にぶつかってくる。最初はお行儀の悪さにいらっとするのだが、彼らの強気の中にほっとするものも感じる。自分のかたくなさが抜け、すでに彼らの一員に認められているのだと知る。ベビーカーの中の乳児でさえ、わたしに笑いかける。わたしが道でつまずくと、近くの人はケガをしたのではないかと案じてくれる。わたしのようなよそ者にまで、心を砕いてくれる。

窓に朝日がのぼってきた。もうすぐ、わたしはあなたの妻になるとは、あえて言う必要はないかもしれない。なぜなら、きょうという日が入れ替わって明日になる。日々はこうしてゆっくり生まれ変わっていく。あらぬ妄想に負けそうだが、そのうち、あなたのご両親もわたしを受け入れてくれるにちがいない。

笑ったり泣いたりする子どもが、あなたのご両親とともに育っていけば、わたしはその近くで彼らの幸せを垣間見る。わたしは生涯愛されないかもしれないが、ドイツの血を引く子どもは、愛は運命という所以で彼らの身内として受け入れられる。先祖と子孫の間に広がるこの大地は、今後もずっと神の御心だけに覆われるだろう。

わたしはもう、感情に惑わされないようにする。なぜって、そこから逃げ出してきたあなた方には鬼門だから。まあ、ウリヤという男は感傷的な女を娶《めと》ったと言われるだろうが。きょうはわたしにとって神聖な日となる。

そのうち、不適合の臓器に蒔かれた異分子のような音階の外れた自分は、はじかれるかもしれない。しかし、開いた窓のそばでわたしは言う。自分の家を見つけた今、けっしてめげない。それに、愛にも巡り合った。女性のラビが、もし愛のためならあなたはよその土地に行きますか、ときいた。わたしは断じてないと答えた。

いずれ、わたしにも子どもが生まれる。音楽は守ってくれなくても、わたしはあなたに守られる。

ルル

לולו

ぼくたちはその少年を、ルルと呼んだ。本名ではなかった。その子は、海辺にある砂丘のてっぺんに腰をおろし、だれも聞いたことのない奇妙なメロディーに、「ル、ル、ル」とスキャットをつけて、ひとりで唄っていた。

それでルルという呼び名にした。そいつは、ぼくたちが乾いた熱々の砂や濡れて冷たい砂の中から、いったい何を掘り出しているのかとじっと見おろしていた。ぼくは一瞬、目の前の波間にアイスキャンディーの棒が浮いているのを見て、服を着たまま海に飛び込んだけど、それはどこからか漂流してきた木の枝だった。ハナはルルが寂しそうだと言い、ぼくはあいつは退屈しているだけだと言った。昼からずっと砂丘のてっぺんでぼくたちを見張っているだけの少年に、ほかの思いがあるだろうか。時々、ぼくたちがルルのほうをちらっと見ると、やつは海のほうへ目を逸らせた。

その日、ぼくたちは海辺の汚れた場所をうろついていた。ゴミが投棄される一角で、サンドイッチやチューインガムの包み紙や炭酸飲料の空瓶をかき分け、壊れたバケツや色落ちしたプラスチックのスプーン、破れた浮き輪やボールのないラケットなど、人々に忘れ去られたもろもろの宝物を拾い上げていた。

ハナ・リヘットとぼくは、自分たちを〈捜索隊〉と呼び、ぼくは大好きな物語の主人公になぞらえて、自分がトム・ソーヤーで、彼女はベッキー・サッチャーだと思い込んでみた。でも、テルアビブの海辺にはインディアンも黒人もいないから、ぼくたちの前に立ちはだかる者はひとりもいない。ここはテルアビブにあるただひとつのだれもが知る海辺で、ぼくたちは夏休み中ずっとここで遊び、遊泳可能と禁止を示す白旗と黒旗がいつ掲げられるのかも事前に知っていた。

ハナ・リヘットはクラスの優等生だけど、ぼくはそれが理由で仲良くなったわけではない。ハナは運がいい、それが理由だった。彼女は〈子どもの絵画クイズ〉に二回も入賞して、ジャックストロー・ゲームや頭脳ボードゲームのピース入り小包を郵送で受けとった。クラス中のだれもが、「ハナ・リヘット女史様」と記されたその小包のあて名書きに注目し、ハナはどう見ても女史じゃないと大笑いした。ぼくはハナが手にした幸運にあやかりたかったのはほんとうだけど、当のハナはどうしてぼくの願いをききいれてくれたのだろう？　とにかくこうして、懸賞応募用のアイスキャンディーの棒探しにいっしょに出かけた。

海辺に着いたのは午後だった。その日は夏休みの最終日で、翌日が懸賞応募の消印締め切り日だったので、ぼくたちはどうしても夕暮れまでには捜索を達成せねばならなかった。捜索とは、ヘブライ語一文字のついたアイスキャンディーの棒を探すことだった。アイスキャンディー製造会社はその文字を組み合わせ、〈ארטיק קרטיב בכל פה〉（だれもが、あっとおどろくアイスキャンディー）というキャッチフレーズのつづりを完成させて応募した人の中から抽選で、国内観光飛行券が当たるキャンペーンを企画した。ぼくは国の南端にあるエイラットには行ったことがないし、もちろん飛行機に乗ったこともなく、空を飛んだという人に会ったこともなかった。もしハナの運がぼくにも舞いおりて、エイラットの街を空から観られるのなら、どんな苦労もいとわない。それに、女の子といっしょに捜索隊を組んだことで、クラスメイトにからかわれたり、ばかにされたりしても、結果が良ければ我慢できる。

ハナ・リヘットがきいてきた。「ねえ、ルルもいっしょに応募したいかしら？」彼女はあいつが聞いて恥ずかしい思いをしないように、小声で呼び名をささやいた。ぼくはわからないと答えたけど、ルルはアイスキャンディーの懸賞応募とか、賞品の観光飛行に関心がないのはわかりきっていた。というのは、懸賞という言葉が聞こえても、その場を動こうとしなかったし、あいつの変てこりんな服装は、捜索任務には不似合いだったからだ。カーキ色の長ズボンをはき、頭には年寄りがかぶるみたいな帽子。一度、ぼくのイスラエル風の帽子が突風にあおられそうになった時、ルルはその帽子を珍しそうに、腰をかがめてじっと見ていた。

ぼくたち二人は両手と足の指を使い、砂を掘り続けた。よその子どもたちが午前中かけて作った砂の城をくずし、城の周りに巡らせた堀を氾濫させ、埋まっていたアイスキャンディーの棒を全部掘り出した。そのうち、応募用のキャッチフレーズがだんだん出来上がってきたけど、ב（ベイト）という一文字だけが足りなかった。

捜索しながら、ハナ・リヘットは自分のポケットを貝殻でいっぱいにして、ぼくは取っ手の壊れた小型ナイフを見つけた。だいじょうぶ、修理できそうだ。その後、ハナはかっこいい形の巻貝を見つけた。もしかして、はるか遠いエイラットから波に乗ってたどりついたのかもしれなかった。だとしたら、ハナの運はもうすぐそこまで近づいているにちがいない。ぼくたちはその巻貝を耳につけて、波の音を聴こうとしたけど、それが巻貝に潜む海から聴こえるのか、それとも目の前の海から聴こえるのか、自分たちには区別がつかなかった。

ぼくたち二人は、互いにだんだん近寄ってきた。ものすごくそばに寄ったのに、ハナ・リヘットはルルのほうを向いて「あなたも、この音を聴いてみたい？」と声をかけた。なぜか、『えっ？』と、ぼくのこころが陰った。でも、ルルが答えないので、ふと嬉しくなった。彼はヘブライ語が理解できない。そのとまどう顔でわかった。ハナ・リヘットが小声で、「あの子、移民してきたばかりの子ね」と言い、ルルのメロディーをおぼえてしまったぼくは、そっとハミングした。

キャンディー売りのおじさんが、ぼくたちのそばを行ったり来たりした。母さんがぼくにくれた帰りのバス代で、運にかけてみようかどうしようかと二人で話しあった後、一個だけ買おうと決めた。でも、願をかけたその一文字は、その一個にはなかった。お金を無駄にしたとはいえ、二人で一個のキャンディーをなめることができて、ぼくはうれしかった。そうだ、アイスキャンディーって日陰でなめるものだ。だったら、遊泳監視員の小屋の近くをねらうほうがいいと気づいて、そのあたりもさがした。

そのうち、二人ともなんだかすっかり気落ちしてしまった。ハナの手持ちのお金まで二個のアイスキャンディーに消え、楽しさなどはとっくに越えた。最後の一本は、溶けた後に棒の先端に隠れている文字だけがわかるように、砂をめがけて垂直に突きさした。二十二文字のアルファベットのうち、ぼくたちの手にはもう、א（アレフ）が四本と、ט（テット）が三本もあるのに、忌々しいב（ベイト）だけが欠けている。ぼくはその一文字を呪った。受賞者を一人も出さないための卑怯な罠だと、アイスキャンディー製造会社のせいにしたりした。

日が落ちはじめ、夢にまで見た空飛ぶ旅が目の前からいきなり遠ざかった。ハナ・リヘットの元から突然消えた幸運。いったい何が起こったのかわからない。ぼくたちはまだ子どもだったので、腕時計を持っていなかった。でも空の様子から、日が暮れかかり、もうすぐ家に帰らなきゃいけないとわかった。

キャンディー売りのおじさんが、「アイスキャンディー、さあ、きょうはこれでお終い！」と叫んだ。ぼくたちはもう、すっからかんだった。お金にも運にも、希望にさえ見放されていた。おじさんはキャンディーの箱を開け、そこに残った二本をぼくたちに恵んでくれた。

ルルは砂丘のてっぺんでそれを見ていた。あいつの目は、キャンディーをほおばるハナ・リヘットに釘づけだった。彼女の素足の足元に、チョコレートの斑点とバニラのしずくが染み込み、乾いてくすんだ砂に色のついた氷片が散った。ぼくは腹立ちまぎれに足でそれを蹴り、砂をかぶせた。溶けはじめていた最後のキャンディーに、ぼくは義務を果たすみたいにかみついた。「夏休みの最後の一日を、無駄にしちゃったよ」

その時、ルルが砂丘を滑り降りて来た。家に帰るのだろうけど、家っていったいどこにある？　やぼったい帽子を整え、カーキ色のズボンの砂をはらい、手には砂から拾い上げた何かを握っていた。

ハナ・リヘットは視線を上げて、やさしく「ルル」と呼び、おどろいたことに、やつはまるで名前を呼ばれたみたいに、こちらを向いた。さっき、太陽がまだかんかんと照っていた時に、できたばかりの名前なのに。

ハナ・リヘットの示唆があったわけではないのに、ぼくの手がすっと前に出て、そいつにかじりかけのアイスキャンディーを差し出した。ルルはにこっとした。そいつの顔が輝いたのは、陽差しのせいではない。ルルはキャンディーを慎重にほおばり、味わい、もう一度味わって、なめた。もしかして、こんなに冷たくて甘いものを、生まれて初めて口にしたのではないだろうか。まるで、ひと夏を一気にたいらげたような笑顔。キャンディーはすばやく溶けたが、あいつは一滴たりとも服にこぼさなかった。食べ終わったルルは、何も言わずにハナ・リヘットにその棒を手渡した。

ハナ・リヘットは、「これはアイスキャンディーっていうのよ」と言って、さらに「わたしの名前はハナ・オール」とつけ足した。ぼくはいたくおどろいた。ベングリオン首相の全国民に向けての提言を受け、彼女の家族が苗字をリヘットからオールに変えたとは知らなかった。

ルルが立ち去った後の砂丘は、ひっそりとしていた。通りの向こうから、母親らしき女の人が走ってくるのが見えた。女の人は少年を抱きしめ、あのやぼったい帽子の下にある頭をなでた。あいつが嬉しそうに「アイシキャンデ」と、摩訶不思議な発音で伝えたのが聞こえた。ルルのいない砂丘一帯に夕暮れが広がり、ぼくたちはあいつが手渡したキャンディーの棒を見て、思わず信じられなかった！　辺りがうす暗い中、その棒の端に目を凝らしてやっと読めた一文字は、何とあのב（ベイト）だった。

ぼくたちは夕闇に包まれ、寒さなのか、気もちの昂りなのか、ぶるっとしながら歩いて家路を急いだ。ハナはぼくの陰に隠れ、はにかんだ声できいてきた。「われら捜索隊は、大成功を収めたってわけね？」

言葉が喉元に引っかかったままのぼくは、うなずいた。

家の近くまで来て、ハナはあの子のほんとうの名前をきかなかったわと、ぽつっと言った。

ぼくたちは結局、懸賞抽選で外れた。キャッチフレーズのつづり文字を完成させたハナは、応募の封書にやぼったい帽子をかぶって満面の笑みでアイスキャンディーをなめるルルのイラストも同封したのだが、的を射ることはできなかった。新聞には、生まれて初めての飛行を体験し、空の上からエイラットの街を眺めた女の子の写真が載っていた。ぼくはうらやましかった。

ハナはあの日集めた貝殻を繋げて大きな首飾りを作り、新学期の初日にぼくにそっと手渡してくれた。

担任の先生が生徒の出欠を取る段になり、ハナ・オールは出席簿の一番はじめのא（アレフ）のア行で呼ばれた。クラス中が、そのヘブライ語の新しい苗字を祝福した。先生が、ל（ラメッド）のラ行に入った時、あのスキャットがふとぼくの胸の内で鳴った。風変わりな少年が砂丘から降りて、夕暮れの通りに消えていく姿も思い出された。今もまだ「ル、ル、ル」のスキャットを、はたしてじっさいの海で聴いたのか、それとも胸の内の海で聴いたのか、ぼくには区別がつかないでいる。

二つのスーツケース

מזוודות

朝

二人は、スーツケースの移動に手間どっていた。

自動ドアの前に立つその老いた二人のユダヤ人は、ドアを無理に押し開けようとしていた。大きなドアがいきなり揺れ動いて開き、二人は慌てふためいた。それを目にしたエイタン・リベルマンには、二人が憐れに思えてきた。なぜ内心、彼らをユダヤ人と呼んだのかわからない。たぶん、その姿が難民に見えたからかもしれない。昨日、彼はその二人が一生けんめいにスーツケースのパッキングをしていたのを見ていた。荷物をめぐって互いに優先順位を主張し合い、そして今、長旅へと出発しようとしている。

老いた二人のユダヤ人、と内心そう呼んだ。何のために旅に出るのか？　か弱い足腰に気合を入れ、二人は広大な寒冷の国へと向かう。

彼は内心、あえて〈自分の両親〉とは呼ばなかった。おそらく彼に湧いた憐れみが、親子関係を曖昧にしたからだ。

「母さん、ぼくが持つよ」エイタンはいらついて、二つのスーツケースを持とうとした。

「いいのよ、エイタン」母は息子の手を払った。「ものすごく重いから」

「持てるさ」息子は折れない。

「だめ！　だめよ！」母も強情だった。「危ないわ、筋を傷めたりしたらたいへん。子どものころ、弱かったのを忘れたの？……」

彼の憐れみは憤慨にとってかわった。しかし、自分のプライドと周囲の目もあって、母に抗うことはせず、母の腕をつかんで指でぎゅっと押した。「ほっといてくれ！」

駅や空港という場所には、旅行好きに火がつき、未知なる旅路にあこがれた旅の達人たちが多く集まる。彼は二つのスーツケースにかまけ、その重さにたじろぎつつも、あきらめはしなかった。内心わくわくして、背後の行き交う足音に耳をそばだてていた。彼が早足になると周囲の歩調も速まり、思わず愉快な気分になる。

「父さんたちが旅に出る必要は、全くないんだ！」エイタンはセキュリティ・チェック・カウンターの足元にスーツケースを置いて、そう言った。

「ご自分たちでパッキングしましたか？」検査員の男は、ただ事務的にきいてきた。

「もちろんです」母は堂々と答えた。

男はスーツケースを開けるように指示した。

母がもたもたしたので、エイタンは我慢できなくなった。「母さん、早くしないと！」

「慌てなくて、だいじょうぶです」検査員は穏やかにそう言って、スーツケースの留め金を一箇所外してくれた。

スーツケースが開き、慣れた手つきで下着類やかかりつけ医が出す白い薬袋を素早く点検する男の指に、エイタンは思わず目を留めた。それは、もう何度も読み返した本のページをめくる指そのものだった。スーツケースの中に、金の額縁に納まったエイタンの写真がちらっと見えた時、本人は思わずぞっとして顔を背けた。

「これは、この子の授与式の時の写真なの」母は自慢げに、検査員に言った。「博士号をとった時」

「母さん、やめてくれよ！」エイタンの憤慨は敵意にかわった。

「いいじゃないの？　優秀な息子を恥じることはないでしょう」

彼女の目には何の悪意もこだわりもない。検査員は笑顔を返した。

「旅には行かないでくれ」搭乗口へ上がる通路で、エイタンは訴えた。

父は少年に諭すように、厳しい口調で言った。「どうであれ、われわれは出かける。母さんが決めたんだから、家族はその意志を尊重する」

母は息子のエイタンにもたれかかった。「エイタン、気をつけるのよ、大事な息子ですもの、いい子でいてね……」

「旅はぜったいに無理だ」エイタンはやんちゃな子が水に小石を投げ続けるみたいに、空しい言いがかりを並べたてた。「アメリカのワシントンは大都市だ。直線道路とどこに行ってもはりつめた緊張感、真っ暗な夜。地図にある緑の点はコンスティテューション・パークで、青い点はリンカーン・メモリアルの鏡のような池だからね」

「われわれはもう、子どもじゃない」父はつぶやいた。警官のそばに人々が集まり、我れ先にとパスポートを検査口につき出している。「厚かましいやつらだ」エイタンは旅行者を鼻で笑った。

父は母を階段のほうに引き寄せた。「もう、行こう」

エイタンを両手で抱きかかえようとした母に、周囲の目が釘づけになった。母は息子の頬に触れようとして、つま先立ちになった。彼は身を縮めて後ずさりした。

「やめてくれって言っただろう」

「気をつけるのよ、いい子、だいじょうぶね……」

彼は母を力づくで押しのけた。「もう行けよ、搭乗に遅れる」

そして、彼はフライト表示板に急いだ。赤いライトが点滅し、文字や数字が超高速で次々変わり、まるでせっかちなやつが時間の早送りをしているようだった。彼はすぐに階段に顔を向け、母のコートの裾が上のほうで消えたのを目にした。いきなり危機感に襲われたエイタンは、人々の群れを押しのけて前へ前へと走った。警官さえ横へはねのけた。

その警官が咎めた。「ここに入り口はありません。失礼ですが、ちゃんとお見送りをなさったではないですか?」

エイタンは目を凝らした。しかし世の常で、混みあう乗客の顔の見分けはつかない。必死に目を凝らして父と母を見送ろうとしたができなかった。そこにいた乗客たちは、あっというまに搭乗口に呑み込まれていく。旅はただの夢か幻だったかのように思えた。

そして空港を後にしたのだが、だれかに後をつけられているのではないかと、始終後ろをふり返った。染みついて離れない恥辱。

昼

「あの人は矛盾だらけなのよ」ヤルデナは友人たちとの団らんの席でそう言って、エイタンの肩をもった。

「あなたはもっと自分の時間を大切にしたほうがいい」彼女の友人たちは口をそろえて言っ

た。「三年間ずっと彼ひと筋なのに、いい返事をもらえないなんて」

「あの人は自分を縛りたくないの」彼女は言い訳がましく、不満を打ち消した。このところ、二人の間にはもう、恨みの種らしきものはない。エイタンが彼女を追いかけはじめると、ヤルデナはつい赦してしまう。しかし、彼の重苦しいだんまりには、言うべきことを言った。

エイタンにとって、彼女はやっかいな存在かもしれない。ヤルデナは彼にはなんでもはっきりと意志表示したが、エイタンは動じなかった。

ヤルデナはまだ希望をすてなかった。彼女の友人たちはヤルデナのために、ねらい撃ちの策略よろしく、巧みな罠を仕掛けようとした。ところが、こうした小さな仕掛けは彼に拒まれて、いとも無残に散った。そして今、彼の両親が長旅に出かければ、もしかして彼の心をつかむチャンスかもしれないとヤルデナは思い、夜は友人とは出かけないことにした。「あなたは、わたしのことが恥ずかしいの？」と、投げやりに言ってみた。余計な忖度《そんたく》をされないためなのか、彼は今までヤルデナには一度もプレゼントをしたことがない。愛情表現はベッドの中のあの瞬間のつぶやきだけ。ヤルデナは、友人たちから自分の不甲斐なさに後ろ指を指されているのを感じていて、それはあたかも背中で大きくなるひどい腫物のようだった。

「なぜ、そんなに彼にこだわるの？」という問いに、ヤルデナはこう答える。「あの人は、そんなに変わった人じゃないわ。普通のちゃんとした人よ」うまく膨らまなかったケーキみたいに背が低くて、目立つ顔だちに自信ありげな表情。日向に出ないので顔色が悪く、目は眼鏡の濃いレンズに隠れてはっきり見えない。世間一般の男と同じで、特に秀でたことも劣ったこともない。

「きっと、ベッドでは彼のもちものがすばらしいのね？」と、あえて大胆にきく友人もいる。ヤルデナは赤面しつつ、エイタンはいつも闇にまぎれて来るので、はっきりわからないとにごす。じっさい、ベッドでの彼は何かへの復讐を思わせるのだった。

朝早く、彼がヤルデナの部屋を出ていくと、彼女は自分に何か非があったかもしれないとふり返ってみるが、さして見当たらない。

「別れなさいよ」友人たちは口をそろえて言う。「あんな男、関わらないほうがいい」

じっさい、エイタンは彼女より自分の両親に心を砕き、実家に立ち寄ることも多かった。それが彼女には妬ましくもあり、両親と息子との言い合いを耳にするたび、つい苦笑したりした。

両親がアメリカに旅立つことを知って、「これは、チャンスかもしれない」と、若干の希望が湧いた。彼をネクタイで自分にきつく縛りつけ、そこにタイピンを留めよう。両親が帰国したら、ギリシャ神話のプロメティウスの鎖のごとく、息子がすでに縛られているのを発見する。

しかし、その話は後半につづき、ヤルデナは彼の肝臓をついばむ鷲には当たらないのだ。

両親がアメリカに旅立った日の午後、エイタンが突然ヤルデナを訪ねてきた。正規の学生会員と同じように、図書館のカウンター前の列に並んでいた。彼の順番になってやっと、消えそうな声でヤルデナに声をかけてきた。彼女は自分の気の昂りを彼に感ずかれたくなくて、本の山にかまけようとした。「今晩行くから」と、彼は半ば脅すように言った。

エイタンがカウンターを離れてすぐに、教え子の女学生が彼を追いかけ、難題をもちかけはじめた。ヤルデナは気がそぞろになりながらも、本と検索カードの照合に手を止めなかった。エイタンが出て行き、彼女が本と検索カードを合わせてみると、ばらばらになっている。ため息をつき、その厄介なやり直しにとりかかった。

ジョージ

その男は、わたしの手をとった。「はじめまして、アメリカ合衆国司法省特別調査部の代表ジョージ・ウェルシュと申します」

「母にはたして記憶があるかどうか。もう、忘れていると思います」わたしはそう言って、目の前の男をよく観察した。背が高く、物腰のやわらかい男だった。戦時中に受けた迫害の清算手段を、きちんと礼儀正しくもちかけてきた。わたしは、「いいえ、お断りします。母はアメリカにまでは行けません。その男だって変貌したでしょうし、それに母にはその男かどうかわかりません」と言った。

「あなたのご母堂は、その男の写真を見て、わかりましたよ」

「わかったかどうか、怪しいものです。その男を見たのは、戦時中の恐怖のど真ん中でしたから、神経が麻痺していました。ちゃんとしっかり見ていたかどうか」

ウェルシュ氏はコーヒーを一口飲み、ゆっくり考えてから言った。「ご母堂に、無理にアメリカに来ていただくことはできません。しかし、母上の証言なしに裁判には勝てませんし、その男の市民権を剝奪して国外追放もできないのです。アメリカのクリーブランドのセブン・ヒルズという地区に、そのナチスの犯罪人がいます。ちゃんとした市民権をもち、三人の子の父親で、毎週日曜日には教会の一番前の席に座る敬虔なクリスチャンです。彼が、かつての囚人たちには〈恐怖のヘルマン・トッド〉と言われていたとは、だれにも信じがたいことでしょう。自称ハロルドは大通りで小さな野菜果物店を営み、シーズン中はイスラエルのジャッファ産のリンゴを売ったりしています。近所では評判のいい男です。家の前の芝生の手入れを欠かさず、商品の支払い期限も守り、毎年冬になると、妻は近所のアパートの一室に中古衣類を集めて、救世軍に寄付したりしています。子どもたちも優秀で、ここアメリカで生まれた末っ子はブロンドのおさげ髪でクラス委員もしています。長男はたぶんあなたくらいの年齢だと思います。エイタン・リベルマン博士、あなたは何歳ですか？」

「ジョージ・ウェルシュさん、あなたは最終ラウンドのボクサーのような傷だらけのわたしの身体を、情け容赦もなく打ちまくる。あなたが彷徨う人々を追う目的は何でしょうか？　わたしが忘却の海から救い出そうと努力している古代ギリシャ語のように、その人々の記憶は消えかかっています。もしかして、あなたはご自分の満足のために亡霊を呼び起こそうとしてはいませんか？」

ジョージ・ウェルシュは言った。「わたしたちの組織は五十人の、いわゆる漁師でなりたっています。夜中に底引き網を張るわけです」

わたしは語気を強めた。「母はもう、年老いています。人生の黄昏を歩く者に、あなたたちは酷な深追いをしていると思います」

母は生き延び、そして生き残りとしての人生を歩みはじめた。

夜

出発日の母は、頼りなさというのではなく、いつになくはりつめた期待を顔にのぞかせていた。両親が旅立った後、エイタンはごく平穏な一日を満喫していた。

母はもうしばらくは電話をかけてこない。いつもは、エイタンの来訪が少しでも遅れると、母は彼の勤め先の大学に電話をかけてきて、交換台の女性を気の毒にもあちこちの講義室に走らせ、遅れた理由を問い合わせようとするのだった。

母は息子が病気になってはいけないと翼を広げ、たとえそよ風であっても避けようとする。子どもだった時も、母は彼に何枚も重ね着をさせて、エイタンは汗だくで顔が真っ赤になったものだった。

エイタンは足を忍ばせて両親の家にやってきた。玄関ドアを鍵で開け、そこに広がる静けさに身を預けた。それはちょうど、どこからか聞こえる透明感のある音色を楽しむようだった。

家の中は実によく整頓されていた。普段使いの物は定位置に置かれ、大きな家具には不在中の埃よけに真っ白なシーツがかかっていた。カーペットはきちんと巻かれ、床の線にそって置かれていた。一枚だけが広げたままになっていたが、六十五歳の母にはきっと重くて抱えきれなかったのだろう。

エイタンは、ひらめくが早いか一目散に浴室に飛び込み、大きなバスタブに湯を満たしてから服を脱ぎ、湯に浸かった。

湯から足先を突き出した。目を凝らしたが、さして特別なものはなく、白く伸びた五本の指は、ぜったいに別れ別れにならないと誓いをたてたイモムシの小さな家族のように、もぞもぞしていた。当然、つま先はいつも靴の中に隠れている。寒さをしのいでそこにいて、ハムシーン〔中東の熱い季節風〕の時は、高い湿度に皮膚が少しむける。それでも、こっそり潜んでいる。つま先はかかとにつながり、その角を曲がってふくらはぎまでのぼり、太ももまでジャンプして、下半身に突き出る密かな島にたどりつく。新生の臓器を見つけたみたいだった。鏡の前で、肩、胸、腕を正確に観察したかったが、体全体が鏡にうまく収まらない。膝を折り、つま先が湯に沈んで隠れた。浴室は湯気でけむり、大きな鏡でさえ、やはり体全体は見えなかった。頭を湯にどっぷりつけると、ぶくぶくという泡の音が家の静寂を割った。今まで一度も感じたことのない家の静寂。両親の留守にひとり残ったのは、これが最初だった。この国に移民してからというもの、彼らは家を盾にしてずっと閉じこもっていた。あれ以来、国境を越えたことはない。

「この世で目るべきものは、すべて見た」と母は言った。

エイタンは湯冷めを感じたところで浴室から出た。体を拭かなかったので、濡れたままの皮膚からしずくが早足の生き物のようにバスマットに滑り落ちた。髪からもしずくがぽたぽた落ち、バスマットがすべてを吸い込んだ。

くすぶっていた気もちが晴れ、彼は寝室で眠り込んだ。

ふと目が覚めた時、どこにいるのかわからなかった。深い闇に包まれていた。素肌に冷気が染みてくる。急いで服をまとい、アメリカ大陸との距離と時差を計算した。もうすぐ着陸するはずだ。

その時いきなり、「今晩行くから」と、ヤルデナに言ったことを思い出した。

ジョージ

「膨大な数の人々が、ヨーロッパから避難民として新大陸に上陸しました。小柄な彼らは地を這うもののように街々を潜り抜け、小サイズのぱっとしない服に身を隠して生き延びたのです。家計のために、アメリカの子どもたちにパンやキャンディーを売って」

腕に刻まれた入れ墨の囚人番号が目立たぬように、彼らは海には行かず、腕を高く上げることもしなかった。

「あなたはユダヤ人ですか？」わたしはジョージにきいてみた。

彼はすぐには答えなかった。自らのうしろめたさなのか、深く息を吸い込み、ふと、長い時が過ぎたかのように、「いいえ、ちがいます」と言った。

夜明け前

彼は夜明け前にヤルデナのアパートに行きついた。つま先立ちでそっと部屋に入り、彼女が眠っているのを見た。ヤルデナはソファに頭をもたせていたので、首が折れたように見えた。しばらくその部屋にいたが、彼女は目を覚まさない。身体がよじれているせいで、呼吸が重苦しく聞こえた。

スカートから細い脚がのぞき、顔は内気な少女のように恥ずかしげだった。頬には彼のせいで泣いたのか、点々と光るものがあり、エイタンは心が痛んだ。不揃いな髪はソファの布張りにぱらっとかかり、憐れにさえ見えた。人間は眠っている時は無防備で、名もない鳥の置き物のように無力だ。

このまま朝までそっとしておこうかとも思ったが、かわいそうな気もした。それで両手を彼女の身体の下に伸ばし、ベッドまで抱えていくことにした。

彼女はうっすらと目を開け、つぶやいた。「何時?」

エイタンは自分の口にシーィと指を立てたが、彼女は立ち上がり、酔ったかのようによろけた。

「どこに行ってたの? また実家ね? あの人たちはやっと出かけてくれたのよ。そこで何を探すっていうの?」

「寝ろよ」彼はヤルデナの肩を叩いた。彼女は寝室に行き、ベッドに身を投げてぐずぐず泣き言を言いはじめた。腹が立った彼は寝室のドアをバタンと閉め、ワシントンのホテルに電話をした。母の声はあたかも隣の部屋から聞こえるようで、彼はおどろいた。

「無事に着いたのよ」母は自慢げだった。

「二人だけの夜の外出は禁物だからね。アメリカは危ない。ところで、その男は留置場に拘束されているのか？」

母は一瞬口ごもった。「クリーブランドの裁判所でその男を確認するらしいの。明日からわたしへの聞き取り調査があって、いずれは観光できると思うわ」

エイタンには若干気になることがあり、電話口に父を呼んでもらった。そして父に伝えた。

「注意しなきゃいけないのは、ヘルマン・トッドはまだ自由の身だってこと。三人の子がいて、れっきとした市民だ。合衆国では合法的に銃が買える。母さんを一人で外出させないように……」彼の声は上ずった。

父はいつものように、言葉をはしょった。「エイタン、ばかを言うな。われわれはしっかり警備されている。ホテルの部屋の前にも警備員たちが立っていた。ジョージ・ウェルシュ氏がどこに行くにも添乗している」その後、父はおだやかな口調になった。「そっちはもう朝だろう？　息子よ、心配するな、落ち着いていてくれ」

ヤルデナの涙声が止んだ。ベッドの上で白い岩のように動かず、彼が部屋に入っていくと、彼女はびくっとして目を輝かせた。彼はその細い脚に触れ、気を誘った。「今はいや」と言ったが、彼には聞こえなかったらしく、ヤルデナに覆いかぶさった。彼女には服を脱ぐ間もなかった。彼の体を押し返そうとしたが、とても無理だった。彼が深く息を吐ききった時、またしてもこの人は復讐しに来たみたいだと思った。

ジョージ

わたしに課せられたのは、彼らの失った人生を埋めることです。ジョージ・ウェルシュさん、もしあなたがユダヤ人だとしたら、生き残った者たちにとって何が一番大事なのか、よくわかっているはずです。母の口癖は、「あなたは将来、わたしたちが失ったすべての人生を生きるのよ」でした。父は畏敬をもって、わたしに法を学んでくれないかと願いました。たぶん父は、わたしが戦争犯罪人の罪を追求する先導をしてくれると思ったのでしょう。わたしは、父の意に沿いませんでした。

毎日ずっと、母の嘆きを耳にするのは、たいへんなことでした。「この時代に生まれて、あなたは運が良かった」と、しばしのため息があって、そしてすぐに大喜びするのです。わたしは愛すべき息子になるしかありませんでした。

わたしを悲しませないでください、ジョージ・ウェルシュさん。あなたはピストルを腰に隠し持っているでしょう。わたしは知らないふりをしていますが、カフェのそばに影が落ちた時に、あなたが腰のあたりに手を当てたのを見てしまいました。秘密の話をしたいので、聞こえないふりをしてください。あなた方には言わずと知れた話です。しかし、それでも忘れてもらうことを承知で話しましょう。

北の国から移民した、ひとりの婦人がいました。最初の数年間は暑さとの闘いでしたが、しまいに慣れました。そのうち、ある秘密捜査の男がその婦人を銃の警備のもとに、短期間だけ北国に連れて行くことになりました。捜査に協力してもらうためです。その婦人は男に警備され、人形ごときで薄い氷の上を渡りますが、その氷はいつひび割れてもおかしくないのです。

ヘルマンも同じように、長男をアメリカから海外に行かせました。つまり殺人者も犠牲になった者も、所詮どちらもつまずきながらも彷徨う人々なのかもしれません。それでもヘルマンは、三人の子どもたちを育むことができました。種は豊かに蒔かれ、あなたたちの新大陸で根を張っています。

こうした人々はもう歳をとり、彼らの罪は消えつつあります。しかし、罪を犯した者たちは追及され、それはわたしの慰めでもありますが、殺人者も同じように夜の恐怖に慄《おのの》いているのです。わたしたちは尚も、ただの被害者で終わらないように自らを諭しています。恨みつらみはその場で吐き出すことにしています。わたしたちは丈夫な身体をもち、あの虚弱の極みに陥ることは二度とないはずです。表向きは新たな型に造られたように見えます。しかし、あなたに言っておきたいのは、身体は魔法らしきものにあやつられているということです。わたしの身体も、徐々にあらぬほうへと衰えています。毎日十万個以上の脳細胞が死滅して、新しく生まれ変わることはありません。

わたしは両親が心身の衰えを感じた年齢を越えましたが、それでも若いころの自分を維持しようと努力しています。両親は老いの真っ只中にいます。わたしは親と幸せを分かち合うことはせず、不安だけを彼らに吐き出してきました。結局のところ、わたしは両親が失ったものを埋めることは、できないということです。父にも母にも良く見えていないものがあります。息子に身をかためてほしいという彼らの期待が裏切られたのは、わたしも彼らと同じ離散民のひとりだという辛い事実を、わたしが隠しているからです。

夜明け前の夢

許可証での最終生年月日は、一九四二年八月五日だった。

エイタン・リベルマンは机上を拳で叩いたが、音も反動も呑み込まれてしまった。

ユダヤ人の家庭で、この日付け以降の出産があった場合は、家族全員が〈対象外〉扱いになる。〈対象外〉の意味は何か？

エイタンは道を歩く人々に分け入り、一人一人にきいた。しかし、彼らは目をつむり、口を閉じてエイタンを避けていく。

「みなさん、〈対象外〉の意味をご存じですか？」と、エイタンはめげずにきく。夢の中の彼には、この生と死を分ける薄い壁は周知のことだった。

その後、夢は広い講堂へと移り、そこの窓は暗くなった。

「妊娠八か月の女性に、どうやって中絶を施すのか？」ときくエイタンは、白衣を着ていた。彼のそばでは、だれかが静かな音を立てて床を掃き掃除していた。

エイタンは眼鏡を外してレンズをよく磨き、彼の周囲に集まって発言を待つ不思議な聴衆に向き合った。

「つまり、母性を理解しなくてはなりません。もし生まれた子が生きていたら、はたしてその子を殺すでしょうか？」

机の周りに集まった聴衆は、だれもが瞼を閉じて口を開かない。

講堂の入り口から、エイタンの母が現れた。母のお腹は膨らんでいて、大きなボールみたいに両手で抱えている。しかし、母は若くはなく、白髪頭の老女だ。母は机に駆けより、突然くず折れて叫んだ。「いよいよ産まれそうです。お医者さん！　お医者さん！」

エイタンの周りにいた聴衆はまるで風のように姿を消し、残された彼は暗い講堂の床にぺたんと座りこんだ。

「あそこに子どもは一人もいなかった。だれもいなかった！」彼は母に向かって叫んだ。「母さんはぼくに嘘をついた、嘘だったんだ！」

エイタンはパッと目を開け、すぐに閉じた。毛布の下で体をさすった。股間に痛み立つもの。陽の光を見ようとしたが、目がちかちかする。光は浮遊分子でできていて、これらが一つの陽光になるまで、おぞましい夢の糸が一つ一つほどかれていく。エイタンは夢の発端を確かめようとしたが、すでに嚙み切られていた。ベッドを離れた彼の腰は、重くこわばっていた。記憶のかけらは、いったいどこから夢に引き上げられたのだろう？　彼は自分の夢にとまどい、もしかして、その日の母の証言なのかもしれないと思った。

母はきっと証言台に上がり、その男をしっかり見据え、「この男です！」と叫ぶにちがいない。「ハロルド・ヒルケンではなく、ヘルマン・トッド。うまく身を隠すために、広い移民街に潜り込み、自分の子孫を残して生き延びようとした」と証言する母の後に、ヘルマンの優秀な弁護士が登壇し、「はい、時間切れです」と言うだろう。

樹木でさえ、朽ちた葉を交代させる。過去の犯罪はもうすたれていくだけだ。かつてのローマ兵を、いったいだれが裁くというのか？

朝の陽光は、家のタイルに細かく散って輝いた。エイタンはトイレにこもり、身を軽くした。

母はがんばれるだろうか？　つまずいて転び、意識を失ったりしないでくれよ、母さん、母さん。

ヘルマンの身体には、おぞましい過去が縫い込まれている。やつは重罪を自覚して逃亡し、不意の捜査に怯えて長年を耐えた。ヘルマンの弁護士は国外への強制送還の判決に取り下げ要求をし、声を荒げて言うだろう。「はたしてこの人が犯罪者でしょうか？　すでに悪の時代は過ぎ去っており、新しい人生の途上です。突然に実をつける雑草だってあるでしょう」

ニュルンベルク裁判で有罪判決を受けた最後の囚人が、今もシュパンダウ刑務所に服役している。七つの病状を抱えた九十歳のこの老人は、昼も夜も独房で臥せっている。彼の弁護団は、「ルドルフ・ヘスへの慈悲を要求する」という請願書に署名している。

わたしの母にも憐れみを。母は生き延び、迫害の生き残りとしての人生を歩みはじめた。母の語る証言は、わたしにはとても及ばない。

昼

ヤルデナは水筒の水を小さな瓶に移し、棚に置いた。棚には積み重ねたガラス広口瓶がずらっと並び、それぞれに小さなラベルが貼ってある。

「昼にもどってくるのね」と、妹は言って姉のヤルデナをちらっと見た。ヤルデナはアクセサリーを素手ですくってから、勤め先の図書館に急いだ。

本を数えるには、羽毛でさらっとなでればあっというまに終わり、後はカウンターで居眠りができる。彼女は近くに、若干の吐き気を抑えるためのコップ一杯の水を置いていた。

彼にはもう、何日も会っていない。鼻唄をハミングしながら、コップの澄んだ水の底に、何かどんよりしたものが沈んでいるのに気づいた。ヤルデナの頭には、妊娠が確定する日が重い雲のようにかぶさっている。

「子どもは流しなさい」ヤルデナの中で、意地の悪い声がそうささやき、彼女は思わず平たいお腹をさすった。妊娠かどうかの化学検査はすでに必要ないと思われる。この子の父親に、「子どもは、かすがいになる」と伝えたかったが、言えなかった。

「ヤルデナ」エイタンは書架から選んだ旅行ガイドブックを、両腕に山のように抱えて声をかけた。「アメリカ合衆国の東海岸から西海岸までを、六週間でまわれるかな?」彼はガイドブックの見出しをざっと見た。「二人の帰りのコースを調べたんだが……証言が終わったら、すぐに出国したほうがいい。野菜果物店の男は策略家で、アメリカ中にネットワークを張り巡らせてある。隠密の使者たちはその男に忠を尽くし、常に移動しつつ指令を待っている。母は証言台から降りたら、すぐに出国しなきゃまずい」

「エイタン」そばに立つ彼女は口を挟んだ。「疲れちゃったわ。いっしょに少し座らない？」

「いや、そうしている場合じゃない。君には切羽詰まっているのがわからないのか？　ジョージ・ウェルシュは、うちの親たちの渡米を望んだ。アメリカ合衆国は広大な国だから、ジョージが添乗すると言った。母の証言が必要ならうちは安全が保障される。ところが、証言後の二人はただの年老いたユダヤ人にすぎない。急いで知らせないと、ヘルマンの使者たちが連邦裁判所の出口で、待ち伏せしないとも限らない」

ヤルデナはエイタンの話を聴こうとはせずに、「外に出ましょう」と、彼の袖を引っ張った。ところが、エイタンは彼女の両肩を力づくで押し、図書館の隅まで追いつめた。着席していた学生たちはだれもが呆気にとられて、二人を見ていた。

「ぼくを、ひとりにしないでくれ」そのしゃがれた声に、彼女は胸をつかれた。祈りをこめた願いなのか、それとも戒めなのかわからない。すぐにでも検査に行かなくてはならないのを彼に伝えたかったが、言えそうになかった。

肩に置かれた彼の手を外して言った。「わたし、行かなきゃならないの」

わたしが六歳か七歳だった時、母はとつぜん家をとび出しました。わたしはその後を追い、母がヤルコン川の川岸を歩いているのを見つけたのです。今ではよどんだ川ですが、かつては緑の小川でした。

母は川縁を歩き、川面をずっと見つめていました。「母さん、もどって！」と叫びましたが、母は返事をしませんでした。母から目を離しませんでした。母がいきなり川に飛び込んで、わたしは葦の生い茂る中にひとり残されるのではないかと怖くなったからです。

なぜ自分が災いに苦しむ時の親だけを愛せるのか、わかりません。親の荷をわたしに代わって担ってくださるジョージ・ウェルシュさん、あなたは公文書に従順な外国の役人で、法律の表にも裏にも精通し、こうした目立たぬ難題に取り組んでくださいます。もしかして、あなたの本当のお名前は、ゲオルクさんではありませんか？　あなたが親と一心同体のわたしの苦しみを軽減してくださるだけで、わたしは感動で泣けます。子どもというのは新しくできた傷であり、親を慰めることはできません。

わたしは親には従順でしたが、自分が親を傷つける時だけ、優しい気もちになれるのです。ジョージ・ウェルシュさん、もっと早く来てほしかった。はたして、こうした任務に関心を持つ人がいるかどうかわかりませんが、生還者たちの一生の特別擁護を考えてもらうべきでした。彼らの受けた毒を浄め、感受性を眠らせて麻痺させるべきでした。母は生き延びて、過去を語る者になりましたが、その傷はわたしにまで伝染しているのです。あえて傷に触れることなく、いずれは立ち直ることができると考えたのは、甘かったかもしれません。生還者に過去を語るように導いてくれたおかげでむしろ慰められつつあり、これからは親子一緒に病まずにすみそうです。

わたしが密かに悩み苦しむ時、これは母の傷痕のほんの一部なのだと思います。母はまさか息子も苦しんでいるとは思わないでしょう。息子は母のお腹の中で、あの時代の暗闇を共に過ごした相棒というわけです。

母は単純に、わたしが本の虫になって新しい人生を生き延びたと考えています。わたしは苦しみを克服した者ではありません。

克服できるとはまったく思ってはいませんし、わたしは壁に絡まる厄介な蔦のように人知れず病み、母の期待には沿えませんでした。母に罪はありません。母は成人したわたしを叱ることもありません。大人になれば、叱られることはないということでしょう。わたしは親の願いを聞き入れ、優秀な子と呼ばれました。しかし安らぎを得たわけではありません。つい先日の晩、ヤルデナに「いっしょに家に帰ろう」と言った夢を見ました。しかし、夢の中のその家とは、わたしの両親の家でした。

夜

エイタンはもうずっと、気が落ち着かなかった。物言わぬ電話機を前にして、すぐにでも受話器に手が届くように膝をついて待機している。

最初の数時間はダイヤルを回しっぱなしで、ホテルの交換嬢には毎回同じことを言われた。

「申し訳ありませんが、まだお部屋におもどりではありません」

ヤルデナが彼の靴を脱がせたのも、襟のボタンを外したのも、目の前に皿とコップを置いたのも、彼は気づかなかった。じっと膝をつき、身体を硬直させて電話機に覆いかぶさっていた。時おりしっかり耳をそばだて、電話のベル音が頭に鳴り響くのをじっと確かめているかのようだった。ヤルデナの問いには答えない。この部屋で、彼以外に息をする者はいないかのように。

数時間たち、ヤルデナは部屋を出て行こうとした。抜き足差し足で歩き、彼は気づかないだろうと思った。しかし、ドアノブを押したところでもどることにした。

彼は灯りをつけるなと言った。彼女はまるで墓地の一角にいるようで、頭も身体も震えて彼に寄りかかり、自分はこの人からは離れられないと感じた。当たり前のちゃんとした男。世間一般の男と同じで、特に秀でたことも劣ったこともない。ただ、情に欠ける。彼のそばで三年間辛抱した。この間、愛というのは勝者も敗者もいない闘いだと学んだ。彼は彼女の腕には素直に抱かれたが、身体はこわばったままで彼女の愛撫には応えない。彼の重い息づかいだけが部屋に波打ち、彼女には耐えがたかった。彼の首筋や髪を手のひらで押さえ込み、そうやって一晩中座って絡み合い、闇の中でひとつになった。一筋のひび割れもなかった。

彼女はぼんやりした闇の中で、意を決めた。「わたしたちに、子どもが生まれるのよ」

ジョージ

太陽がためらいがちに、ゆっくり沈もうとしている。朝からずっとカフェに座っているわたしたちに、そろそろお終いにしたらどうかと、夕日が目くばせしたようにも思える。

海は荒れ、最後まで泳いでいた人たちはタオルにくるまり、寒さ除けの小屋を探して走っている。ジョージ・ウェルシュの顔には、明らかに疲れが見えるが、もちまえの礼儀正しさで、それを見せまいとして語りはじめた。「母はわたしに言うんです。『どうして、もっと巷の事件にかかわらないの?』って。『なぜ、あなたはそういう根深い蛮行に専念するの?』って」

そして続けた。「わたしは、天井や地下に巣を張りめぐらす蜘蛛のような者ですが、自らがその巣に絡まってしまう危険も感じています。わたしは世界中の辺鄙な場所に足を運び、人間の焼けただれた臭いが漂う闇に埋もれた記憶をたぐります。おどろくべき苦悩を背負った人々の人生を、慟哭のごとく語ってもらうのです。正直申して、人々の悲話をもとに何ができるのか、わたしにはわかりません。しかし、こうした災いの残骸を集めていけばいくほど、恐ろしい歴史の全容はますますつかめなくなるのは確かです。ヘルマンの住むクリーブランドのセブン・ヒルズ地区に行きました。朝から晩まで、車の中から彼の動きを見張り、家を出ていく姿を追いました。小柄な妻の両頬に心をこめてキスをし、妻は夫ヘルマンのためにソーセージ入りのサンドイッチを作り、夫は末娘を車の後部座席に乗せて学校まで送るのです。これが、彼の毎朝の日課です。長男はもう、この家を出ています。聞くところによると、この息子は二年前に黒人の女の子とひと悶着を起こして、父親を悩ませたということです。ヘルマンはあえて口外しませんでしたが、近所の人たちは曇りガラスの向こうで大げんかがあったのを耳にしたそうです。年老いた野菜果物店主の日常を垣間見たわけですが、この同じ男が戦時中に鉄パイプで多数の人間の頭蓋骨をぶち割ったとは、ほんとうに信じがたいことです。猫も飼っています。家を出るときは必ず、玄関前にミルク椀を置いていきます。すべての証言で語られた事実ですが、収容所でも猫を飼っていたそうです。店の常連客が言うには、ヘルマンは模範的な商売人で、人をだますなどあり得ないということです。彼らは一九五二年に、アメリカへ移民してきました。入国管理局の書類には、それまでの住所がドイツのベルゲン・ベルゼンと記入されています。大きな字で書かれていますが、地区名も番地も正しくありません。彼の名前は、それまでの被害者の証言には上がっていなかったので、だれひとり疑う者はありませんでした。あなたはアメリカは正義の発祥地だと信じているでしょう。しかし、彼の起訴状では、本来の凶悪犯罪については証拠不十分で論じられず、偽りの住所氏名による入国書類記入の欺瞞が記されています。別件の供述書のみを提出し、その他の添付書類はありません。予想される判決は国外追放でしょう。しかし、彼の追放を願うわたしたちと同じように、わざわざ弊害を受け入れてくれるまともな国もないというわけです」

ジョージ・ウェルシュの顔に曇がかかった。いくつもの街灯の灯りだけが、闇に抗うように光っていた。

「それで、エイタン・リベルマン博士、あなたは復讐を望んでいますか？」彼はその指が赤くなるほど、わたしの中指を力いっぱいつかんだ。

「わたしのせめてもの慰みは、犯罪者たちが夜に襲われる悪夢にあります。死者たちは加害者に安らぎを与えませんから。月日がたとうとも、わたしたちの魂に救いはないことをご存じでしょう。おそらく、あなたは不朽のユダヤ人の化身なのかもしれません。ジョージ・ウェルシュさん、あなたは国から国へと足を運び、離散する人々の哀しみをほどいているのです」

朝

ヤルデナは自分の荷物を密かに彼のアパートに運び込んだ。彼の手を煩わせなかったし、彼女も邪魔されずにすんだ。毎日、彼が大学からもどるたび、留守の合間にうまく運び込まれた新しい荷物が部屋のあちこちに置かれ、まるで今までもずっと二人の住まいだったようになった。エイタンはあえて何も見ず、何も気にかけないようにしていた。家の中の配置は変わったが、それで良しとした。

ヤルデナは、はたして既読かどうかはわからない返却本を手にして並ぶ学生の列を前に、優しく微笑みかける。学生たちの中には、内向的で恥ずかしがりやな者もいくらかはいる。ヤルデナにはエイタンの両親の帰国が迫っている以外、思い悩むことはなかった。彼女は大量の本を小分けしてから、足を負傷したかのように書架まで慎重に歩いた。もっとも、高い書架に本をもどす時はほかの司書に頼み、自分ではもう脚立にのぼろうとはしなかった。エイタンは彼女の勤務時間中に図書館へ立ち寄ることはなくなった。たまたまある日、彼が読書室でギリシャ語の本を熱心に読んでいるのを見た時、ヤルデナは自分の腰を優しくなでて、くすっと笑ったりした。

太陽が燃え、ハムシーンが春先にやってきた。こうした中、ジョージ・ウェルシュは両親に添乗して大陸を横断していた。母は電話口で息子に言った。「あの方は、まるで実の息子のように付き添ってくれるのよ」

ヤルデナは身体にシーツを巻きつけ、ベランダに出た。いつもより早い暑さがまとわりつき、タイル床は熱々で、あたかも過ぎ越しの祭りの晩のようだった。こうした熱々のベランダは、もはや一般の家にはない。人々の暮らしは進化し、今はプラスティック・パネルに囲まれてくつろぎ、夜にだけは黄色がかった外の光が、まるで必死に助けを求めるかのようにパネルの隙間に点滅する。

彼女の後ろでは、エイタンがまどろんでいた。ベッドの上で手足は緩み、まったくの無防備だった。口がぽっと開いたままで唾液が枕に垂れていた。ヤルデナに不安がよぎった。自分の手足をそっとさすり、か弱くなったと気づいた。そう遠くないうちに、彼はヤルデナに愛想を尽かすだろうから、それまで自分の足でしっかり立っていよう。

夜中に彼は妄想で目が覚め、彼女を揺り動かした。「もしあの二人がもどってこなかったら?」と、子どもっぽい声できいた。彼女は気をしっかりもとうと背筋を伸ばした。エイタンに夢を正確に説明して欲しいと言ったが、彼は再び口を閉じた。ヤルデナの気もちはしゃんとした。

ヤルデナは食事に気を配り、休息時間を保ち、毎朝、まだ目立たないお腹を鏡に映す。そして今朝、彼女が窓ガラスに自分の姿を映すと、身体に巻いたシーツはぱっとしない花嫁衣装に見えなくもない。にこっとして、つぶやいた。今朝は自分の人生の節目でもある。この結婚指輪をして、これからは彼の背負う辛さをともに語り合い、なだめることになる。そして自分に言い聞かせた。いずれ、彼がそれを願い求める日が来る。彼はそうした慰めを受けるしかないだろう、と。

暑さがシーツを通して肌に染み込む。シーツの裾であおぎ、風を呼びこんだ。窓ガラスの向こうに、彼が目を覚ましたのが見えた。エイタンは立ち上がって彼女を眺めてはいるが、一歩踏み出して呼びかけようとはしない。はじめは、彼がいらついているのかおびえているのかと思ったが、彼女は近づいてみて、彼がとまどっているのがわかった。「服を着ろよ、空港へ行かなきゃいけない」と彼は言い、ヤルデナはそれに従った。

ジョージ

「よろしくお願いします、ジョージ・ウェルシュさん」二人の男が挨拶を交わすと、ウェイトレスはもういらいらしはじめた。明らかにとまどっている。このカフェのテーブルを前に、朝から晩までコーヒーと安物ワインを思い出したようにちびちび飲むこの二人の男がいったい何者なのか、彼女にはわかるはずもない。

「あなたは巧みな魔法をかけ、わたしはまるで拉致された女みたいでした。わたしにうんと言わせるために、周囲にかしこい策略を巡らせたわけです。なぜわたしが両親の渡米に納得したかです。母は六十五歳で頭はしっかりしています。母はアメリカに行く、そう思います。証言台に立ち、証言するでしょう。ヘルマンの忠実な弁護士は母の身元を調査し、いずれかの方法で反論を述べ、母の記憶を攪乱するでしょう。それでも母はギリシャ神話のアリアドネの迷宮脱出のように、解決に向けて協力するはずです。

ジョージ・ウェルシュさん、もう陽が落ちますが、この国では燃えるような夕焼けが水平線を染めるのです。わたしはいつも、この時間帯がいやでたまりませんでした。わたしはぜったいにこの時間帯に命を落とす、そう思っています」

彼はわたしの前で言った。「あるいは、あなたはこの史実が世の中から忘れ去られるのを望みますか？　シュパンダウ刑務所の入り口には、服役中のルドルフ・ヘスの減刑を嘆願する人々がいます。無能なろくでなしはその記憶の一端を餌食にされ、自分の飛行機でイギリスに着陸した際には自分の身分も明かさず、ニュルンベルク城壁内の以前の政局さえ認識していませんでした」

ルドルフ・ヘスは断じて謝罪を強いられないように、独房でさえも故意に精神異常を演じていたのだろうか？

「ジョージ・ウェルシュさん、あなたは怒りを隠さなかったですね。この国で復讐を希望する者に会えることを期待して、挙句に何を見つけましたか？　おびえた兵士ですか？　この国は武装強化されていますが、兵士たちは疲労困憊しています。あなたは訴訟に関わる身でよくぞ勇気をもって来られました。ホロコーストの生還者の次世代は、父親が戦死したとか殉死した場合の英雄支援は受けられません。屈辱の下で、わたしはおびえる雑草のように育ちました。辱めを受けた父と母の不名誉を理由に、わたしは悩み苦しみました。命の終わりを告げられ、人間として生きることを許されなかった男と女の間に生まれた子の内面を、あなたにはわかってもらえないでしょう。わたしたちは恥辱に閉じ込められた生き物の次世代です。わたしはあなたに、まだずっと閉じ込められたままだと叫びたい。学校では、わたしは嘘をついていました。両親は戦前に移民してきたことにしていました。惨めな根無し草の息子だと、声高に明かしたくなかったからです。おそらく、将来の自分の子どもには、わたしに対する慰めがあるでしょうが、その子どもも新しい傷にすぎません。親の失った青春年齢をわたしはもう越えました。親は生き延び、そして確実に年老いて、次世代との差はさらに顕著になります。飢えと寒さの恐怖はもうありませんが、白髪になり、再び不確実性に直面して不安に包まれるのです。世界は息を止め、彼らに消えて欲しいと願います。ジョージ・ウェルシュさん、あなたにはわからないでしょう。彼らが生きつづける限り、わたしたち次世代の良心の戸は叩かれます。ジョージ・ウェルシュさん、どうか母の意志を尊重してやってください。母の受けた侮辱では足りないですか？　わたしのさらした不名誉ではじゅうぶんではありませんか？」

わたしの大声がカフェに響き、ウエイトレスは警察に電話をするべきかと、びくびくしていた。その目はおびえた犬のようだった。

「あなたのような立派な体格の方は、水面に火が噴くような世界の果てにまで足を運んだはずです」わたしは両手で顔を覆った。「わたしの人生で出会った中で、わたしの内面をほどき、泣かせたのがあなたでした。あなたはまたどこかに行かれるでしょうが、わたしはあなたをずっと懐かしく思うでしょう」

昼

司式のラビは、ワイングラスを手にして言った。「わたしの言葉を、繰り返してください」

エイタンは弱々しい声でラビの言葉をなぞった。「あなたは、わたしの妻になる女性です」

ヤルデナは花嫁衣装を着なかった。エイタンが「空港からユダヤ教ラビの事務局まで直行する」と言ったため、彼女は衣料品店で買い求めた白い上下服を身に着けてから家を出た。それでもじゅうぶんに幸せだった。

二人は両親とともに指定のホールに立ち、待機していた。先客のブーケがテーブルに置き去りにされて、部屋を惨めにしていた。気温の上昇で萎れた花びらに、ヤルデナはすぐに気づいた。テーブルにはもてなされた菓子までが残っている。

ラビは、厳粛な式ですから、と念を押し、しっかりした手つきで、グラスにワインを注いだ。ラビがグラスをエイタンに手渡した時、息子たちが婚礼用ベールを忘れているのに気づいた母は、はっとしたようだった。

「ちょっと待ってください」と、厚着をした母は蒼ざめた顔で言った。そして、事務局の入り口に置いたスーツケースのところまで慎重に歩き、腰をおろし、スーツケースを開けて荷物の中身を床の上に広げはじめた。ラビは見ようとはしなかったが、立会人の一人が時間超過にいらついていて、ホールの奥にある時計の針に目をやった。エイタンは自分の場所から、母の手が震えているのが見えた。母はまだ、荷物を床に広げている。金縁のエイタンの写真に、陽が当たった。何のことはない、面倒なパッキングの規則からもはや解放された二つの空っぽのスーツケースが開いていた。

全員、静かに立った。母は白いスカーフを手にとり、折り目をうまく隠してヤルデナに向かってすすみ、それを花嫁の髪にそっとかぶせた。手をかざしたが髪には触れず、キスもしなかった。エイタンの手をとって言った。「あなたは今、神聖なる新郎よ」

フォンダと同乗した日

פונדה- נסיעה אחת

黒いリムジンの車内。女優ジェーン・フォンダの隣に、なぜか二十六歳になったばかりの若いイスラエル人のわたしが座っていた。

個人的には全く関りがなかったのだが、言葉を交わすうちに、互いの人生のある出来事にたまたま重なり合う縁があった。フォンダが語ったのは、フランク・シナトラとか、ハンフリー・ボガード、マレーネ・ディートリヒ、クラーク・ゲーブルなどとの逸話ではなく、さりとてだれもが知る輝かしい話題でもなかった。彼女には世間に見せるそうした映画女優としての堅固たる顔の陰に、細やかな心情の糸が潜んでいるのがわかった。フォンダはルカマ・サソンという名のある女性の話をしたのだが、喉にからませる発音がうまくいかなくて、ルハマと発音した。

ルハマ・サソンの年齢は六十歳くらいで、フォンダの暮らす地域で知り合ったという。フォンダが語るには、ルハマは第二次世界大戦の終戦を機に、二十歳でドイツのダッハウ強制収容所から解放され、二十一歳で結婚し、夫とともに当時のパレスティナに移民した。そこで四人の子どもに恵まれ、ささやかな幸せが続き、何もかもがうまくいっていた。子育てや家の切り盛りにかまけているうちに四十年という月日が過ぎ去り、孫の顔を見るころにはもう、彼女の過去は消えていた。記憶の水はもはや地底に押しもどされ、そこには静けさが漂っている。かなり昔に、その湧口に石をごろんと置いただけの源泉からは、何の音も上がってこない。

夫のサソン氏は富を築き、夫婦は建国に貢献した代表使節として、アメリカ合衆国に数年間派遣された。成人した二人の息子と二人の娘たちは、三人の孫とともにイスラエルに留まった。渡米したルハマの目の前には新世界が広がり、日々の糧に心を砕くこともなく、限りない暇をもてあました。しかし、贅沢三昧を得た末に、彼女は毎晩悪夢にさいなまれるようになった。心に閉じ込めたはずの戦時中の光景が、次々に浮かび上がってくるのだった。それも、当時のはっきりした記憶はなく、映画を見たわけでもなかった。犠牲者追悼記念日には、悪夢が心の奥底に潜む神経にまで達しないうちにと、テレビやラジオのスイッチを全部切っていた。息子や娘たちが、どうして避けるのかと母親に問うた時、ルハマはただ「過去は全部消した」と答えた。何もかも時間が解決してくれたと彼女は思っていた。しかし、海外に出て衣食に困らない暮らしの中で、重い夜が襲ってきたのだった。

「ものすごく鮮かに見えるの」とルハマは言い、その幻影を払いのけることができなくなった。彼女は快眠をとりもどすために、心理療法に通った。睡眠そのものが病をさそい、不幸をもたらすものになったからだ。「うたた寝さえ怖くなったのよ」と、フォンダは代弁した。フォンダはしなやかで、隅々まで整った肢体をもつ長身のアメリカ人だった。しかしなお、彼女の声に忍びよる何かを感じないわけにはいかなかった。

「そんなことがあり得るのかしら？」フォンダがわたしにきいた。「あの暗黒時代はとっくに過ぎたというのに、頭に浮かんでくるなんて」

わたしはついに口を開いた。「人は忘れ去ることはできないんです。絨毯をひっくり返すみたいに、何かを裏返すことはできます。そうすれば、表にある入り組んだ模様は見えません。裏には見せかけの模様はあります。でも、裏にもまた、わずかな人にしか読めない古代文字らしきものが埋もれています。ルハマさんの脳裏には絨毯の裏模様のように、泉の奥深くに埋もれていた解せない数々の場面が、縫い込まれているのです」

外国人であるフォンダに、わたしは言った。「ルハマ・サソンさんは、わたしの母と同じです」わたしの母も、年に一度の記念日には自分を閉ざしてしまうからだ。

母の子どもであるわたしたちは、その痛みを受け継いでいる。意図的でも、強制されたわけでもなく、その痛みは母の胎内とその身体を通って伝わったものだ。母は何度も、「あなたたちを産むべきではなかったのかもしれない。出産は過ちだったかもしれない」と言う。わたしは母をぎゅっと抱きしめた。これが人間でなくて何？

母はわたしに、母乳か血液を通して、あるいは恐ろしい夢か五〇年代はじめの夜中の悲鳴か何かで、わずかな死の臭いを授けた。おそらくその臭いは、残り香のように混ざったり消えたりする粒子みたいなものだ。

わたしが自分の身体が汚《けが》れていないかどうかを気にするのは、そのせいだと思う。母があちこちの臨床検査技師に血液検査をたのむのも、そのせいだと思う。血は記憶を浄化することはできない。わたしの母は子ども時代のことを全く語らない。どこかの他人に起こった出来事だとくくって、母自身とは無関係のようにふるまう。

フォンダは微動だにせず、じっと耳を傾けていた。「わたしたちみんなが」わたしはフォンダに言った。「ルハマの娘たちなのよ」国中にルハマがあふれている。子どもたちを産み、血の汚れや死の灰の臭いが娘や息子たちに染みついているのではないかと、母親たちは不安にまみれている。

フォンダは黒いリムジンの窓を閉め、外を眺めた。何も語らず、わたしもだまっていた。フォンダの母親もまた、苦しみから逃れられなかったのだ。何年もずっと前、フォンダの母親は手首を切って命を絶った。フォンダは乾いた手のひらをしっかり重ね合わせた。血の汚れと死の灰の臭いが、彼女の頭をかすめたにちがいない。窓の外に目をやったまま、それ以上わたしを見なかった。

ファイユームの肖像画

האישה מפאיום

ふと、なつかしい家を思わせる、なじみのある場所。海風が鼻をくすぐり、道路沿いの喧騒が聞こえる。街はいきなりとぎれ、細長い海岸線がまだかと思うほど続いて、そしてその先は海。

自分の暮らす国と同じように、ここの海も八月に荒れる。灰色の波はいかにも我慢しきれないという勢いで、狭い海岸の奥にまで打ち寄せる。エジプトのアレキサンドリアの海岸線は四十キロメートルにおよぶというので、わたしはさっそく計算してみる。マンハッタン島の海岸線と同じくらいだろうが、このちがいはなんだろう。二つの街を女に例えれば、ここアレキサンドリアは、長い脚で闊歩する情熱的で何もかもがあけっぴろげな女。一方、マンハッタンの摩天楼の下では、てきぱきと仕事をこなし味気ない言葉とタフな自立心の女に成り代わる。

隣にいるアブダラが、立ち並ぶ家々を指さして言った。「家屋が高波や塩害を受けてね。家々が海に食い尽くされる」彼は苦笑した。海はまるで、でかい生き物だという。

「ああ、うちのほうでも同じだ」わたしは彼に言った。確かに、イスラエルのテルアビブは、この同じ海をしとねにした街。海岸線がひょいと跳んで、この端に着地したと考えればいい。

「似てるかね?」と、彼がきき、

「たぶんな」と、わたしは答えた。

一本の糸に通されたビーズ。片方が揺れれば、もう片方も動く。しかし、二つの街が似ているかどうかはわからない。同じ人間の両手でさえ、そっくりではない。それに、時として互いにそっぽを向く。右手が殴られれば、左手が慰めることもある。


長年、わたしたち夫婦はうまくいっていた。なのに、最初のころの二人の間にあった愛はもう失せてしまった。今、妻を見ても、この女のいったい何に惹かれたのか、自分には思い出せない。動きが鈍く、ため息ばかりで、昼間はいつもあちこち出かけている。毎晩、夜半過ぎに目が覚めて、部屋から部屋へと歩き回る。

「いったい何なんだ?」せっかくひとりで楽しむ夜の静けさが、妻の足音にいたく邪魔される。「寝ろよ!」わたしは怒るが、あいつは口答えさえもしなくなった。もう長い間、あいつにはさわっていない。

女としてのあいつの体には、もうなんの魅力もない。あいつのため息がわたしの肩をかすると、体が萎えてその気にはならない。

妻は、わたしがよその女と楽しんでいるかどうかはきかない。わたしもあえて言わない。息子の結婚式の晩、晴れ着を脱いだ妻への憐れみだけで、寝てやった。

若い時の妻はとても陽気だった。書斎でわたしが仕事をしていても膝の上に座りたがり、それでもわたしは怒らなかった。肩に頭をもたげて猫みたいに甘え、わたしの服を脱がせたものだった。

今となっては、書斎には一歩たりとも入ろうとしない。妻には、書斎の掃除はもとより、書机の上や書棚に山積みの本、冊子、絵画や彫刻、箱などの整理整頓を一切禁じてある。すでに私物を置く場所がなくなり、わたしはそれらを床にまで積み上げている。

「そのうち、積み上げた物に火がついて、あなたも大事な物も、すべて燃えるのよ」妻はそう吠える。行け、おまえはあっちに行け。

わたしは外出する時、自分の書斎の鍵は閉めることにしている。妻はわたしの行き先を問わない。寝室には、見知らぬ女が寝ているようなものだ。そばをうろうろしては食事の世話をし、わたしの下着も洗濯するが、それ以上は関わらない。

いずれ、双方ともこの世を去るだろう。彼女の情感はゆっくり衰えている。いったい自分たちはいつごろから互いに背を向けるようになったのか、わたしはおぼえていない。何もかもが色あせ、わたしは自分のコレクションに気をとられるようになった。あらゆる箱に自分の大事な物を収め、書斎にこもっては、きのうはあっちの箱、きょうはこっちと、わくわくした思いで箱を開ける。

小さな彫像や人形の豊かな肢体をなでるわたしの指は、古物に閉じ込められたかつての希望や願いを呼び覚ます。わたしの指が、その熱い命を蘇らせているようにも思える。

妻は言う。「全く、よくそんな過去の死んだ世界に何時間も座っていられるわね」最初にそれを言われた時は、思わず殴ってやりたかった。なんて、つまらない女だ。

こうした古物に悠久の時を経て湧き上がるものは、あいつのうすっぺらな人生とは比べ物にならない。あいつは三人の子を産み育てたのと、このわたしとの暮らしだけではないか？

夜、わたしは鐘のコレクションとともに過ごす。ベランダに置いてある教会用の三つの大きな鐘は、知り合いの修道士が持ってきてくれた。夜になると、緑色の鉛が月明かりに映えて輝き、その姿は年老いた魔人のように見えたりする。わたしは鐘の外側を棒で叩き、舌《ぜつ》をあちこちに動かしてみる。そのうち、ため息のような、重いあくびのようなくぐもった振動音が聞こえてくる。怒濤の響きを聞いてみたいのだが、なかなか湧き上がってこない。時々だが、鐘の肩に唇を寄せてささやいてみる。

「わたしは教会の鐘叩き、そうなんだよ」

書斎の棚の上段には、小型の鐘から水滴ほどの超小型の鐘までが何列も並んでいる。ローマかビザンティン時代の人々の墓にあったものらしい。互いに連鎖する列の鐘をいくつか動かすと、そのぶつかり合う音色がわたしの胸をそっとなごませる。妻が起きてきて、書斎のドアを拳で叩く。「何なのこの音は？　あなたのせいで眠れないじゃないの」

わたしは止めずに鐘を力いっぱい鳴らすと、妻の声がその響きわたる音に吸い込まれていく。木箱の中には一番大事な宝物が入っている。その箱は毎日開けるわけではない。公の祝祭日だけに限られる。箱にかかっている薄いカバーをめくり、ていねいにかんぬきを外して、ふたを開ける。柔らかい布の上に、ファイユームの三人の肖像画が収まっている。二人の男とひとりの少年、そこに女もいてくれたら、どんなにいいだろう。

その少年の肖像画と会ったのが最初だった。一目で心が奪われた。その絵は、母が少女時代を過ごしたギリシャのサロニカからの移民の道連れだった。わたしが八歳か九歳だったころ、母が過ぎ越しの祭り用品を天袋から降ろそうとした時、その箱が転がり落ちた。子どもだったわたしが急いで箱を開けると、そこに少年の肖像画があった。巻き毛は額に切りそろえられて耳にもかかり、目は色濃く、もの言いたげだった。

「この子、だれ？」わたしは母にきいた。

母は慌てて箱を取り上げようとした。

「ああ、気をつけて」ぼくは叫んだ。「この子が転んで、ケガをしたらどうするんだ」

「さわっちゃだめ、これはおまえの物じゃない。おまえのおじいちゃんの物」

母はわたしが悪いことでもしたみたいに厳しく咎め、その木箱をすばやく奪い取った。そして肖像画をきちんと箱に収め直してから天袋にもどし、さらに薄暗い奥に深く押し込んだ。

「どうして、あの子を天袋に隠すのさ?」

「あんな古い絵はもう見たくない。あの高い所が定位置なの」

「でも、母さん、あの子は太陽も見ることができない。どうして陽に当ててやらないんだ?あの子におしおきでもしてるの?　あの子、母さんにいったい何をしたっていうんだ?」

母は急いで灯りを消して話を終わらせたが、それでもわたしはその少年に思いを寄せた。その子はわたしの心に棲みつき、二度と離れずにここまできた。

結婚が決まって新居に私物を運び込んでいた時、少年に再会したわたしは、この肖像画もいっしょに持っていくことにした。新妻になる女性と、この絵の不思議な魅力を分かち合った。畏敬を込めて箱を開け、わたしの子ども時代に出会ったあの時のままの姿でそこに横たわる少年とじっくり再会した。何ひとつ変わらないその顔を見て、自分の記憶の確かさにいたくおどろいた。箱の中で、少年は不思議な視線をわたしに投げかけた。

彼女に「見てごらん」と言った。「千七百年前に死んだ子の肖像画なんだよ。わたしはこの子の顔が忘れられないんだ」

「この子、だれなの？」

「ローマの少年で、エジプトのファイユームに埋葬されていたんだ」

おそらく道中の振動で生じたのか、肖像画の額あたりにちょっとした亀裂がある。少年は重い病にかかり、家族に見守られて死に至ったのだろう。両親は悲しみに暮れたにちがいない。親は肖像画家に足を運び、防腐処理を施した棺に横たわる小さな遺体の顔にかぶせる肖像画を依頼した。まさに、かけがえのない愛する息子だった。

妻には、ぴんとこなかったようだ。「サロニカのおじいさんのところに、その子はどうやってたどりついたのかしら？」わたしにはサロニカからパレスティナまでの道行きはともかく、祖父母のそもそもの出自はわからなかった。母が唐突に言った。「あの人たちは、死んだのよ」わたしはきいた。「この子は、どこからサロニカに来たのさ？」母が答えた。「この子はどこへ行くにもずっと、わたしといっしょだった」母には質問の意味がよくわかっていない。わたしは母の道行きではなく、この少年のことを知りたいのだ。それで話が終わり、それ以上、ましてや額の小さな亀裂のことまでは知る由もなかった。

正直なところ、過去に起こったことのすべてが、わたしの戸を叩くのではない。わたしにとって、長い歴史の中での古代は一線を画し、古代にだけ憧れの思いをはせる。

わたしはその少年の故郷を発端に、古物を追い求めるようになった。この長年、コインや壺、彫像や人形、鐘などを収集し、肖像画にいたっては世界中を探し回った。手に入れられない場合は、せめてこの目に焼きつけた。古物に潜んでいるものは、生身の人間にはないものだ。ましてや、自分の子どもたちには全くない。

子どもたちには頭を抱えている。落ち着きのないのが長男だ。遥かアマゾンの森に行きたいと言うので、はて、いよいよ古代探究の共感かと喜び、期待をもって送り出した。しかし、もどってきたやつの話は、レシフェという街に終始した。小麦色の豊満な肢体をもつ女たちや、だれもが通りで踊りまくるカーニバルの光景に目を奪われたという。熱帯の雨は大粒のスコールになるとか、そんな話だ。

次男はこの国のちっぽけな家にこもり、新車を生きがいにしている。毎週金曜日になると、やつはその新車を水道の蛇口のそばに寄せ、大きなスポンジを手に洗車する。その後、流水をかけて乾かし、車体をぴかぴかにする。さらに車の下にもぐり、金属部分が鏡のようになるまでしっかり磨く。車の周りには大きな水たまりができるが、そんなことにかまわず、やつはびしょびしょになりながらも平気で歩き回り、そのうち車に寄りかかって、まるで神聖なる物かのように車体を抱きかかえようとする。

末っ子は愛すべき可愛い女の子で、わたしは自分のコレクションをそっと見せた。あの子はファイユームの少年を気に入って、わたしは娘にねだられれば、いつでも箱を開けて見せてやり、可愛い指でなでてもいいことにしていた。ところが、成長するにしたがって、母親と同じようにその感性がにごってきた。わたしが書斎に入ろうとするたび、あの子はわたしに鋭い視線を突き刺して通り過ぎる。わかってはいたが、わたしはあえて何も言わない。ファイユームの少年と夢多きあの少女時代をどうして忘れられよう？　手足ばかりが大きくなって、物を見る目を失った。

やつらにはやつらの生き方があり、わたしはわが道を行くことにする。

祝祭の夕には、家族全員が晩餐のテーブルにつく。彼らは正装し、わたしは努めていい父親であろうとする。娘は母に手を貸していそいそと食器の上げ下げに動きまわる。息子たちはわたしの正面に腰をおろし、老いたわたしの父も老人施設から外出でやってくる。しかし、わたしの心はうつろだ。

六月末に、一通の手紙が届いた。骨董仲買人のひとりで、わたしが密かに付き合う長年の知人が、ファイユームの女の肖像画がアレキサンドリアで売りに出たと知らせてきた。肖像画と書いてきたから、胸が高鳴った。持ち主が高額の売買を望んでいるという。「あなたが交渉すれば購入できるかもしれない。あなたのコレクションに加えたらいかがでしょうか」

わたしは自分の死後、相続人である三人の子どもたちは、父親が身も心もこめて集めた物を、いずれは散逸してしまうだろうと思っている。男はさすらい、あちこちから古物を集めては縁をとりもつことにその人生を費やしたが、やがて次の買い手が現れれば、古物は別れ別れになる。古物同士の縁は長くは続かず、結局わたしが生きている間だけでそれは終わる。言葉を発しない物たちの不運というか、古物にとっては二度目の死を迎えることになる。

その晩、わたしは二人の男の肖像画が収めてある箱を開けた。一人は長老で、首のつけ根にまで白い肩布がかかり、教師のような厳しい視線を送る。あの美しい少年の教育係だったのかもしれない。もう一人はずっと若く、もし兵士だとしたら、戦死だったのかもしれない。人生の苦難を生き抜いた彼らは今、わたしの元にいる。

さわやかな風をすいこみ、晴れ晴れとした気もちでスーツケースをつめた。これから出かけて、この二人の男に女を連れてこよう。

棚に並んだ古物が、静寂をかもし出す。大事なコレクションを傷つけないために、わたしは埃を拭き取ったりはしない。もしできるなら、故人の時代の言葉で話しかけてみたい。世界の奥地には、古代は山と積まれている。ローマ人たちの墓はどこにあるのだろうか？　巨大なローマ軍は各地に遠征し、そこで戦った。自分の子ども時代は、まるでだれかの記憶に乗り移ったかのように、何もおぼえていない。しかし確かなのは、わたしには不満がなかったということだ。不平不満は、とりわけ老後に若返ろうなどとばかげたことを願って苦闘する人々のために残しておこう。

偉大なローマ人たちの骨の痕跡がないのだから、わたしは自分の顔を記念に残そうなどとは望まない。三人の子どもたちも肖像画家には足を運ばないであろう。かつて、肖像画を熱い砂漠に埋めたのは無駄ではなかった。しかし今はもう、わたしはとるに足りないこの人生の痕跡は残さない。


アレキサンドリアに、色あせた夜がふけていく。

緑色のブラインドをやっとのことで開けると、風がいきなり部屋に吹き込んできた。〈シャンゼリゼ〉という栄光の名を冠した古ぼけたホテルの部屋には、海を目の前にした小さなベランダがある。わたしはそこに椅子を置き、その背もたれに手をかけた。背もたれにかぶった柔らかい砂つぶが、わたしの手のひらについた。風が顔に吹きつけ、行き場を失ったかのようにシャツの端をぱたぱたさせた。風に震えるシャツの裾を何度も落ち着かせようとするが、風はシャツの中にもぐりこみ、がさつな女の手のようにわたしの体にまで触れてきた。

あれは何年も前、たどりついたデンマークの海辺の街でのことだった。ヘルシンゲルのハムレットの舞台となった城の近くで、同じイスラエルから来たという少女タマルと寝た。悲しそうな顔つきで、ひどく怯えていた。ネグリジェを身につけ、数個の大きなクッションに埋もれ、わたしがその横に滑り込むのを待っていた。わたしは灯りを全部消し、暗い中で意味のわからない野暮な愛の言葉を口走った。冬の海から哀愁に満ちた波の音がわたしの耳を叩く、奇妙に暖かい晩だった。その子を抱くことができず、ただ体中に熱いキスの雨を降らせ、ささやき続けるだけだった。子どもっぽい匂いと彼女の悦びが、木の壁から漂うかび臭さに混ざった。

朝になり、その子の顔は見なかった。再び怯える少女になっていた。少女は「わたしはひとりぼっち、首に抱きついてもいい？」ときいてきたが、こちらにその気はなかった。「潮の香りにまいった」とわたしは言った。

家に帰りなさいと、わたしのほうから言った。わたしは石床を歩き、海の向こうにフェリーが国境を越えて他国へ渡っていくのを眺めていた。ベッドにもどると、その子はまだそこにいて、大粒の涙を流していた。わたしは慰めだけで、その子を腕に抱きしめた。体がいうことをきかない惨めなわたしは、そこで何もしてやれなかった。

たまたま海のうなりと風が、ちょっとした甘い言葉をわたしにささやかせたのかもしれない。あるいは、その場だけのつもりだったのかもしれない。情動に揺り動かされた一瞬は消えた。そして、ここはアレキサンドリア。世界中のどの街よりも激しい波の音と強い風が、あの少女を思い出させた。

数年後、自国のガソリンスタンドで、わたしはたまたま彼女に再会した。まちがいない、確かにあの子が車から降りてきた。後部座席のベビーチェアには幼い男の子が座っていて、手に持つ哺乳瓶から窓ガラスにミルクが飛び散っていた。わたしは彼女に近づいて名を呼んだ。あの子は、『だれ？』という顔でわたしを見た。おぼえていないのだ。ところが、あの北国の街での苦い記憶が、彼女の脳裏に浮かび上がったにちがいない。

「タマル、おぼえてるかい？」

「エリシャ？」ときいて、彼女は自分の車に乗り込んだ。彼女がそれ以上関わりたくないのなら、もう仕方ない。タマルはエンジンをかけ、窓から顔をのぞかせた。

「老けたわね」彼女は無神経にそう言って、立ち去った。

わたしは自分の下腹に手をやって、いやな過去を思い出したい女はいないだろうと思った。

白く輝く太陽光線が街を覆いつくす。その陽差しはあえて素晴らしくも魅力的でもないが、絶えず陽気に歩道にふりそそぐ。目をやると、空から限りない陽差しが燦燦とふりそそぐ。わたしの国でも陽差しは白く輝くが、太陽は小胆というか控え目で、めったに陽気な喜びをもたらしてはくれない。

アブダラはブレーキの音をたてて車を停め、こちらに手を振った。わたしは急いでその車に乗り込み、すぐに現地に向かった。街は細い帯のように伸び、大勢の人々が歩道を歩き、喧騒がうずをまいていた。これほど大勢の人間の群れに、わたしは目を瞠る。まるで家にはだれもいなくて、一人残らず海に押し寄せているかのようなその情熱におどろかされる。

街の隅々にまで泡を吹きつけるこの暗い海に、いったい何の魅力があるのだろう？　人々は海を崇める者のように海浜に跪き、海を抱きしめんばかりだ。

サイード広場の近くで、物売り屋台の黄色いトウモロコシが熱々の炭缶の上でぐるぐる回っているのを見た。アブダラはわたしをちらっと見て、「どお？　食べてみますか？」ときくやいなや、答えを待たずにあっというまに一本を手にして車にもどってきた。わたしは焦げてはじけた粒にかじりついた。焼きトウモロコシの香ばしくちょっと変わった味。焦げた黒い線は、まるで鉄道線路のようだ。

ふと、母の手を握っていた子どものころの自分を思い出した。夕方だったか、母とわたしは長い通りをずっと歩いていた。母はわたしの手に、熱々の焼き栗の袋を持たせていた。当時のイスラエルに栗の木はなかった。ということは、この記憶は戦前のサロニカでの子ども時代だったといえるが、これは自分の記憶なのか、それとも幻なのかはっきりしない。わたしはその焼き栗を一つ口に入れて欲しいとねだり、母は袋から一個取り出して、ていねいに皮をむいてくれた。母は焼き炭で染みだらけになった両手を自分の顔の前に広げて何か言ったが、おぼえていない。すでに言ったように、わたしの子ども時代の記憶は、はたして自分自身の体験なのかどうか曖昧なのだ。一瞬我に返り、トウモロコシを持つ手が熱くて、かじりかけの一本を落としそうになった。

アブダラは小型車をうまくあやつり、狭い路地に入った。「さあ、着いた」と彼が指さした看板には、アラビア語と英語で〈骨董〉とあった。薄暗い店内に、巨大な輪郭の丸甕がまるで捕獲されたおとなしい動物のように置かれていた。古代文明の両手つき甕の鮮やかな色が、薄暗い中でまるで猫の目のように光っていた。ジャスミンのほんのりした香りが骨董品棚の間に漂い、ガラスケースの中に無言で群れて立つ彫像や人形の細やかな輪郭にもふんわりと浮いていた。

熱い砂漠から出土したこうした遺産に、わたしは一瞬立ちすくんだ。アブダラがわたしを奥の部屋へと連れて行くと、そこには二人の男が待っていた。店主のサバリが所有者の代理人で、肖像画の売買をする。もう一人は見覚えのない男だった。アブダラはとてもていねいに互いの紹介をして、それでわかったのは、もう一人の男はこの売買の買い手のライバルだということだった。

サバリは濃いマホガニー製の戸棚に足を運び、その上から鍵をとって扉を開けた。だれもが固唾をのむ中、サバリは箱を手にした。わたしは心がさわぎ、手がひどく震えたので、テーブルの角をつかんでいた。待ちに待った美しい女よ。もちろん生身の女を期待してるのではなく、そこにあるのは女の魂と呼べるものだ。血肉ではなく、もっと内面的な光を発するもの。その部屋にも漂うジャスミンの香りを吸い込んだ。ミイラとなった死者は、長年、盗掘者たちの手を渡ってぼろぼろになったはずだから、せめてその死は安らかで神秘に満ちたものであって欲しいと願った。

サバリは木箱をテーブルにまで運んだ。買い手のライバルは顔中をてかてかさせ、上着のポケットから取り出した大判のハンカチで額の汗を拭いたが、ハンカチをポケットにしまう間もなく、汗は次から次へと吹き出していた。

サバリが木箱を開けるまで、ひどく長く感じられた。わたしは箱に顔を近づけたが、目の前はぼんやりしてめまいがしそうだった。ジャスミンの香りだけが鼻をくすぐった。ここに女の肖像画が収まっている。その女は美しいとは言えない。しかし彼女は、テーブルの端でずっと順番を待つわたしの脳裏にすっと入り込み、そこにうごめく思いを一気に打ち払った。その恵みの一撃に、わたしは首をかがめた。サバリが声をかけた。

「どうぞ、よくお調べください」

わたしが待つ間、ライバルはそれをじっくり調べ、ひっくり返したり目を近づけたりしたが、わたしはそれほど調べる気はなかった。このままで、じゅうぶんだった。

ライバルは憤慨して「不良品だ」と言い、肖像画をひっくり返して、そしてこうつぶやいた。

「傷だらけで、それに値がはりすぎる」

わたしは、その時になって真剣に目を凝らして見た。楕円形の顔は砂漠の砂のような色。まっすぐ通った鼻筋には、彼女の素直な内面が透けて見える。その上にある二つの目は、ぱっちりしたアーモンド・アイ。美しいまつ毛のラインにていねいに描かれた眉毛。少女のようなえくぼは、きっとまだお腹にいた時に天使にくらった一撃の名残りだ。女性の髪形にはうといが、細い三つ編みが編み込まれ、毛先は額にかかり、絹のような髪をまとめた真ん中には太陽の形のピンが光っていた。その下の華奢な耳と耳たぶには、四個の白い小さなビーズのイヤリング。首には琥珀色の二連の首飾りをつけ、深紅のドレスは胸元ではだけている。

もし、永遠にさえ欠陥があるというのならともかく、彼女は不良品ではない。わたしは自分の弱気を払拭したかった。もし、この女を手に入れたいなら、もっとしっかりしなきゃいかん。忘れてならないのは、目の前のライバルがこの女に魅せられているなら、やつはうまくやるだろう。むかむかしてきた。たぶんやつは、街の広場で働く労働者の監督あたりだろう。わたしは自分に『強気でいけ！』と言い聞かせた。こうして値段交渉がはじまり、喧々囂々《けんけんごうごう》になった。わが相棒アブダラは、なかなか手を打とうとしない。ライバルもつっぱってこちらを見ようとはせず、肖像画をひっくり返したりじっくり調べたりして、その間もずっとハンカチで汗をぬぐうことを忘れなかった。わたしは最初に立った場所から一歩たりとも動かなかった。その間、やつはテーブルの周りをぐるぐる回り、息づかいが荒くなった。ふと、やつはこちらをふり向き、遠くからぶちまけるような声で言った。「あんたはユダヤ人か？」

「わたしはイスラエル人だ」

やつはテーブルを回って、わたしの目の前まで迫ってきた。「なぜ、あんたはこれが欲しい？　あんたたちに美意識ってものがあったとはな」

わたしはひっくり返りそうだった。

「あんたたちの掟では、こうした偶像崇拝は禁じられている。あんたにとって、昔のこの死んだ女は何なんだ？」

わたしにとって、死者たちがどうしただと？　死んだというが、わたしは知らなかった。まさか。決定的な事実のように見えるが、ただそれだけのことだ。母は身内のことを、「あの人たちは、死んだのよ」と言ったが、それで終わったわけではない。ここには女の魂がある。

やつは引き下がろうとはしなかった。

「あんたたちは死者の細かい記録を追い回している。ユダヤ人のあんたは、自分たちだけにホロコーストがあったと思うか？　おれたちアルメニア人にもあった」やつは、その胸を拳で叩いた。「あんたたちのだいぶ前に、おれたちは死の行進を歩かされたんだ」やつは今にも息切れしそうだった。「ユダヤ人のあんた、大量虐殺の犠牲はあんたたちの専売じゃない！」

やつの顔には、声にこめられた強烈な敵意はなく、痛みに耐える恐怖だけが表れていた。やつは木箱を指一本で叩いた。「そんなに欲しいなら持っていけ。しかしな、この女を見るたびに、この世的な価値はもう何も残っていないってことを忘れるな。ただの影、幻だ」

アルメニア人は姿を消し、サバリがやつを追いかけて行き、アブダラとわたしは店の中に立っていた。そこに漂う重い空気をぬぐうことはできない。隣に立つアブダラがわたしの腕にそっと手を置いた。わたしはしっかりした足取りで開いている出口まで行き、その敷居に足をかけた時、さらさらとした衣擦れの音にふり返った。分厚い衝立の向こうに若い女が立っていて、一部始終を見ていた。ジャスミンの香りの源がわかった。宮殿の正面に座す古代の皇女に似て、両脇をしめていた。女の視線はテーブルの上にある木箱に向けられ、そこにはだれも寄せつけない気迫があった。この箱の持ち主なのか、それとも仲買人の娘なのか、それすらもきけない。後になって思うのは、自分たちが金銭で手に入れようとした、木箱に眠っていた女の幻かもしれない。あの場所に立っていたのは、この世に一度も生を受けなかった女だったのかもしれない。

アブダラは、わたしを暑い店の中から外に連れ出した。

以前、人間の軍隊はいったいどこに消えてしまったのかと、自問したことがある。今になって、わたしの中でその問いが目を覚まし、次から次へとベールが鮮やかに舞い上がってきた。

頭では知らないと思っていても、身体がひそかに感知していることがある。では、無知というのはどこにある？　知識がないという意味の無知は、有史以来、世界中の湾に流れ込む海の潮流に成り代わった。無知とは知恵や叡智がないという意味ではない。身体は謎につつまれ、皮膚や血管の細胞の中で長い間息をひそめていた叡智が、ある時実感されるのだ。

カフェに入った。コーヒーの湯気は見えない煙突から出ているように、わたしの前に立ちのぼる。湯気はコーヒーカップから早々に逃げ、香りにいたっては、すぐにでもその場で消えようとする。子どもたちはいずれわたしのコレクションを相続した後に散逸するだろうが、わたしは先代からいったい何を引き継いだのかわからない。考えてみれば、宝の価値を理解しない子どもたちへのわたしの苦い思いは、たとえ先代が望んで受け渡したのではないにしろ、彼らのわたしへの怒りに似ていると思う。それどころか、先代は過去の出来事に霧をかけ、わたしに何も伝えなかった。彼らの叫びはわたしの耳には届いていない。大声で叫んだとしても、わたしには聞こえていない。

そばに寄ったアブダラは、実に気のいい男だ。わたしを慰めようとするが、どうしていいのかわからない。「あなたたちユダヤ人はとても情が深い。あれから何年もたつというのに」

「アブダラ、自分たちはユダヤ人でもあるが、イスラエル人なんだよ。時代とともに移り変わってきたことが、まだわかってもらえない」

「よく考えてみろ、エリシャ」彼はわたしを、初めて名前で呼んだ。「気にすることはないさ、君はつまり」と、言いにくそうにして口ごもった。「中東の人間だ、そうだろう？　あれは、ヨーロッパで起こったことで、君たちには関係ない」

わたしは十八歳だった。年に一度の犠牲者追悼記念日に、母がラジオのそばにいるのを見た。母は生還者たちの記憶にじっと耳を傾け、うなだれていた。そばに父もいた。わたしはラジオに近づき、一気にスイッチを切った。「おれたちには関係ない」と言ったとたん、父からものすごい勢いで顔をひっぱたかれた。わたしは火照る頬に手を当て、あえて理由をきこうとはしなかった。

アブダラに言った。「自分たちが直接被害を受けたわけではないが、同じひとつの身体だ」

両手が切断されれば、ほかの肢体も臓器も苦しみ、痛みは弱まったかと思うと、また襲ってくる。その後、世代を経て、切断された場所にはか弱い新芽は出るが、切り株はその時までずっと痛み苦しむ。

アブダラは何とかしようと必死だが、埋められないのは彼のせいではない。

どちらのコーヒーカップも空になり、どろっとした茶色の澱が植物の苗を待ちこがれるように底に円を描いた。

「君は、333計画を知ってるか?」アブダラが、いきなりきいてきた。

その問いがどこから降りてきたのか? そして、どう展開するのか? わたしには見当もつかなかった。彼を見つめると、すぐに話しはじめた。

「エジプトのミサイル建造作戦は秘密計画だった。一九五九年のことで、わたしの父はその工場で働いていた。父はエンジニアで、上司はドイツの科学者たちだった。一九六二年の七月二十一日、われわれは四基のミサイルを公開した。軍事パレードの後、帰宅した父を囲んで家族中が大喜びしたんだ。だれもが鼻高々だった。父が言った。『ヨーロッパの絶滅収容所について、ユダヤ人たちが言いふらしている戦慄のすべては事実ではない。忌まわしい嘘なんだ。架空の出来事で、復讐の産物だ』エリシャ、父といっしょに333計画で働いたドイツ人たちが、父にそう語ったそうだ」

アブダラは、網カバーのかかった肖像画の木箱を骨董店から受け取り、わたしたちは車にもどった。わたしはすぐに見ようとは思わなかったが、アブダラの手にある、哀しい視線を放ち、滅びの美ともいえる女に強く惹かれていた。自分には『ちょっと待て、木箱を開けるのはもうすぐだ』と、言い聞かせた。

アブダラは、カフェでの互いの昔話などまるでなかったかのように運転席に座った。木箱をそっと後部座席に置いてハンドルを握ったが、エンジンをかけなかった。彼は「エリシャ」と気弱に言って、わたしのほうを見た。「ホロコーストは、ほんとうにあったのか？」

母の死後、わたしが三人の子の父親になってから、父はわたしの前に立ちはだかって言った。

「おまえに初めて話すが、頼むから聞いてくれ。おまえの母親ローザ・デルメゲドは一九四三年三月十五日の、サロニカからアウシュビッツへの最初のユダヤ人移送の中にいた」

わたしは自分の耳を手でふさいだ。「聞きたくない」母は一度も話さなかった。口をつぐんだままだった。あの陽気な母がまさか被災者だったなんて、ありえない。父は怒り、再びわたしに殴りかかりそうだったので、聞くしかなかった。

「おまえは何も知らない。戦争がはじまる前に、ローザは息子であるおまえをパレスティナに託した。自分の両親を保護するという大義をあいつはただ素直に信じて、サロニカに残った。戦後、われわれの元にもどったローザは何も語らなかった」

母は、はたして本心から陽気だったのだろうか。深層を見抜けなかった自分に腹が立った。

「ありえない、そんなはずはない」父にそう言った。わたしは、母が実家から持ってきたというファイユームの少年の瞳にはさらに深く思い入れを込めたが、母の面影を遠ざけるようになった。わたしは他者の墓の盗掘者に成り代わり、結婚した時も、妻の目に自分の思いを投影しただけで、それ以上ではなかった。

そして今はここにいる。海の街アレキサンドリア。アブダラ以外に、自らの内面を問う相手はだれもいない。熱々になった車内で、わたしの背中の後部座席には閉じられた木箱があり、細い紐で編まれたその網カバーに奇妙な親近感を感じる。

自分の思いが茫洋としてきた。アブダラが言った。「きっとあの世では、死者たちは赦し合っているんじゃないかな。何もかも、アッラーの御許にもどるんだから」

この時になってやっと、自分がどの時代にいるのか気づいた。あらゆる大地のすべての時代までが、神の御許に還るというのは、わたしにとっては慰めであった。

気温はどんどん上がる。白く輝く太陽光線が車内に差し込み、急かされて落ち着かなくなった。車は街の郊外を走り、わたしは道路表示板に目をやった。もしかして、ファイユームへ通じる道が目に入るかもしれない。しかし、いきなりゴツンという音がして、車が大きな石にぶつかり、はじかれた。車体は路肩へと滑っていく。

「アブダラ、気をつけろ!」わたしは叫び、足を踏ん張った。しかし車は迷走し、再び何かにぶつかり、わたしたちは車中でひっくり返った。

あっという間の出来事だった。ハンドルはあたかも映画のフラッシュのようにぐるんと回った。両足は自分の頭の上にあり、車内の内張りが体にぶつかり、わたしは転がった。車は傾いて車体が熱くなり、車の下では石がごろごろと音を立ててくずれた。わたしたちは奇跡的に軽傷だけで助かった。足の切り傷から履いていたサンダルに血が滴たたり、足の指にも血が少しついた。アブダラの額には、ハンドルに挟まれた打ち身の傷が痛々しくあった。なんとか身体を立て直さなくてはならない。そばを通る多くの車のブレーキ音と大声がして、だれかがドアを力いっぱい手で叩き、ドアが開いた。わたしたちは這って、そのまま外に出た。そこには、人々の心配そうな顔と目が眩むほどのライトが待ちかまえていた。

彼らはあぁでもない、こうでもないとわたしたちを気遣い、矢のように問いを浴びせた。アブダラは動揺しながらもそれに答え、わたしはあの木箱に目をやっていた。木箱は車が傾いた時、願いもむなしく車から数歩の所に転がり落ちた。木箱は草原の中で、おとなしく横たわっていた。

「この箱は、あんたたちの物かい?」とだれかがきいた。

アブダラが急いで行って、拾い上げてきた。乾いた草が箱についていた。わたしはすぐに手渡してもらうと、箱の中からは木の擦れ合う音がした。

開けなかった。抱えたまま、箱についていた小さな草の実をそっと払った。女の願いだったのか、再び地面に触れることができたのだ。人々は立ち去ろうとはせず、わたしたちを病院に連れて行った。そこでは、親切な医者が足のレントゲンを撮り、あちこちをさすって「痛いですか」ときいた。

「いいえ、だいじょうぶです」わたしは気丈だった。

病院にいる間ずっと、自分の目の届く所に木箱を置いていた。レントゲン室でも、落とさないようにそっと、わたしの頭の下に置いた。木の擦れ合う音がまた聞こえた。

ホテルの部屋にもどりたかった。アブダラはわたしをひとりにしておけないと言い張ったが、わたしはかまわないから早く帰宅してくれと急かした。そして、彼はやっとのことで折れた。

わたしは、あの古ぼけたホテル〈シャンゼリゼ〉にもどった。包帯が巻かれた足を引きずり、絨毯からは細かい埃の粒子が舞い上がった。ずぶずぶの砂地に、足がのめり込んでいくようだった。明るいマケドニア人の街は、埃に覆われている。

四階の部屋まで上がった。うす暗い中に白い家具が光っていた。かつては商売女のものだったにちがいない幅広いドレッサーに寄りかかり、そこからベッドにつっぷした。わたしの身体には今、ひょんなことで包帯という奇妙な物が巻きついている。服を脱ぐ元気もない。動きもせず、汗ばんだ服を身に着けたまま、深い眠りに落ちた。

寝入りばなの夢に木箱が現れ、わたしは開けてみたくなった。ところが、箱はどうしても開かない。箱をゆすってみて、密封されているのに気づいた。

鍵がかかっているのだろうか？　骨董店では、サバリがいとも簡単に木箱を開けたのを見ている。いったい、どうしたんだろう？　木箱をもう一度ゆすってみた。箱の中から、木の擦れ合う音がかすかにする。

木箱を耳元に近づけると、そこからわずかな音色が聞こえた。人々の話し声のようでもある。不思議な箱だ。しかし、開けることができない。だまされたとつぶやき、わたしは怒って箱を投げつけた。箱の中の女よ、悪く思わないでくれ。夢の中での裏切りだ。

木箱は空中に浮き、砂浜の波打ち際に着地した。今にも波にさらわれそうだ。箱は伸ばしたわたしの手をすりぬける。突然、わたしの手が白い蛇のようにするすると伸び、木箱に巻き付いた。自分の手とはいえないものが、もちあがる海水の恐怖から箱をすくいあげた。

わたしはロープのようになった自分の手で箱を手元に引き寄せ、腹ばいになった。ところが、木箱はいきなり難破船のようにばらばらの板切れになってわたしの周りで浮かび、次第に離れ離れになっていった。

「あの女の屍はどこにある？　哀悼の祈りを唱えなくてはならない」

わたしは板切れの間を探しはじめ、頭がおかしくなりそうだった。そこには腐って悪臭を放つ板切れだけが浮いている。

「女は、ぜったいここにいるはずだ！」わたしはそう叫んで、次第に数を増やす板切れの中で、ただむやみに腕を動かした。板切れは浮き沈みを繰り返し、そのうち穏やかになった。

海は静まり返った。わたしには、うっすらと広がる空の光景がはっきり思い浮かぶ。

遠くに、妻の服が海面に膨らんで浮いているのが見えた。

「レウマ」名を呼んだ。しかし、潮が荒れはじめた。おかしなことに、思いがけない鐘の音が聞こえる。

わたしはずぶ濡れになり、自分がどこにいるのかわからなくなった。わたしは、てかてかに光る手と汗まみれのシャツを振る。

「レウマ」そっと言ってみた。部屋のブラインドの隙間から涼しい風が入り、わたしがか弱い獲物かのようにいきなり飛びかかってきた。

アレキサンドリアの鉄製ベッドに横になり、わたしはうとうとしている。もしこのベッドでこのまま死んだらだれにも知られない。死臭だけが漂い、潮の香りに負けそうになるだろう。やがて人々がやって来て、所持品を見てこう言う。「この男は、遠路はるばるここまでやって来た。妻や子どもの写真さえ持っていない。独り身なのか、見捨てられたのか」

辺りが急に暗くなり、そこに物言わぬ木箱のシルエットが見えた。箱を開けてみたいが、そこに何があるかわからない。夢の中では、この世の人々の話し声が聞こえていた。

壁に絡まる蔦のように、不安が募ってくる。おかしなことに、わたしの道行きを邪魔する意地の悪い古参みたいだ。不安にも喜びがあり、わたしはまだ生きていて、熱い砂の下に埋められているわけではない。熱い砂の下に、多くの思いと願いを募らせているだけだ。

木箱のふたは簡単に開いた。ファイユームの女の肖像画が、四つの断片になって入っていた。

まず、頬の半分とイヤリングのついた耳の一片を手にして、柔らかい布の上にもどした。その後、口、上頬のえくぼ、首の一片があり、さらに残りの部分もあった。その女をつくづく見た。憐れみ深い顔、若い女の断片ではあるが、表情は十分に読みとれる。

そういえば、アブダラは死者たちは互いに赦し合っていると言った。来世での死者同士の隣り合う気もちは、他の民族にも寛大になるということだ。

遠くの我が家の書斎の棚に眠る者たち。家の中では三人の子どもたちが、時折まだ足音を立てている。

もし長男がまたアマゾンに行きたいというなら、そうさせてやろう。次男が自分の車に触れてくれというなら、努力して車体をなでてやってもいい。末っ子には、たとえ望まれなくてもファイユームの少年の長い流転を話そう。死者は眠り、命あるものは人生を生きる。

母の手にある焼き栗を味わうことはもうできないし、アレキサンドリアの焼きトウモロコシも然りだ。妻のレウマ、どうか夜中にはわたしをそっとしておいてくれ。

こうした肖像画を描く画家は、もう二度と現れない。もしかして、わたしの生身の顔にファイユームの肖像画を読みとるかもしれない。わたしは人々の情けは求めない。まあ、昨今のようにはいかないだろう。だが、わたしをなだめてくれる人たちはいる。さもなくば、たとえわずかでもいい、妻が優しい鐘の音だけには寛大になってくれればいい。この傷ついた肖像画の女には涙は流さない、哀悼はしない。この海に渡る糸を引けば、もう一方の端にある街が揺れる。

アブダラは二つの街が似ているかときくが、同じ人間の両手でさえ、そっくりではない。右手が殴られれば、左手が慰めることもある。

ハルニレの木

見ず知らずのヘルパーが、母さんの寝室のドアをパタンと閉めて、入ってはいけないと言った。「お母さんには、休養が必要ですからね」

ドアの隙間から、タンスの上の薬瓶と、おそらく母さんの額の上の白いタオルが見えた。たぶん額だと思うのは、暗くてその顔が見えなかったからだ。

ヘルパーはブラインドを降ろしてカーテンを閉め、真昼間なのに夜を装った。その後、わたしに台所でおとなしく宿題をするようにと言い、算数の計算問題をしたかどうかを後でちゃんと調べるからねと脅かした。わたしが算数の宿題を一度もしたことがないのを、いったいだれがその女に明かしたのだろうか？

わたしは息を殺してだまっていた。というのは、母さんに休養が必要だという時は、昼間なのに自分の心が真っ暗になるのがわかっていたからだ。

わたしは物音を立てずに、チェック柄のテーブルクロスの上で鉛筆を削っていた。母さんが毎食後に石鹸でこすり、布巾で拭きとるクロスだった。わたしがパンくずやマーガリンの染みは汚れではないと言っても、母さんはわたしのノートの表紙が汚れるのをいやがった。

わたしは手のひらを小さな椀のようにして、大好きな削りかすを集めた。鉛筆の削りかすは、わたしには樹木の巻き毛に見える。母さんに休養が必要な時の介護の仕方は、わたしならちゃんと知っているのにと、そのヘルパーを罵ってつぶやいた。見ず知らずの女たちを、いったいだれが、どうして毎回この家に手配してくるのか、わたしにはわからない。

その女が「わたしのことは、おばさんって呼んでいいのよ」と言ったが、わたしは無視した。弟だけがそう呼んだ。

わたしが弟を保育園に迎えに行った時、あの子は母さんの体調をすぐに察したので、「母さんはどこ？」ともきかなかったし、わたしも説明しなかった。あの子はわたしの手が痛くなるまで、ぎゅっと握った。

家に入る前、わたしは鞄から縄跳びの紐を取り出して、身体がくたくたになるまで跳んだ。その後、あのヘルパーが台所に入ってきて、宿題はすんだのかときいた。わたしのノートをどかして、テーブルクロスを拭きはじめた。

「あんたはわたしの母さんじゃないんだから、そんなことはしないで」

「図書館にでも行ったらどうなの？」

「借りた本は、まだ読んでる最中」

「お母さんは身体を静かに休めなきゃいけないのよ。あなたはもう幼い子どもじゃないんだから、ちゃんとわかっているでしょうに」

あんたには何もわかっちゃいない、と母さんの作るサンドイッチの包みみたいな、茶色のカバーのついたその本を投げつけてやった。

その本は、世界中の森に生きる樹木について書かれている。わたしは、世界中のほんとうの出来事や歴史の本を読むのが好き。中でも好きなのは、自分たちが住むヤルコン川の近くにもない、この国とは無縁の樹木について書かれた本。わたしはこの本を、図書館で何度も借り直している。司書はもう、本についた図書カードに、わたしの名前だけが記入されているのに気づいている。わたし以外の子どもたちは、この本を借りないからだ。

本の中に書かれたすべての樹木には、写真ではなく絵がついている。樹木の名前は下のほうに美しい飾り文字で書かれていて、わたしはいつも、まず最初にハルニレの木のページを開く。ハルニレの木は、その両腕をまるで世界全体を抱きかかえるように広げている。わたしも抱き返したいのだが、はるか遠くの森で生きる彼らに、この腕は届きようもない。昨日、弟に読んでやったけど、あの子には面白くなかったようだ。でも、世界で一番年を重ねた樹木のページだけには目を輝かせた。年輪によって木の年齢がわかると説明したら、あの子はすぐに自分を実験台にしようと、手足をさすって輪っかを探しはじめた。

そのうち、弟はこう言った。「ぼくらの母さんはおそらくもう年寄りで、それでしょっちゅう休養しなきゃいけないんだ。木というのはいったいいつ死ぬんだろう?」

「だまってちょうだい」とわたしは弟に言った。


投げつけた本はヘルパーには当たらず、その女は怒りもしなかった。女は本を床から拾い上げて、ページを開いてみたいそぶりさえ見せた。わたしはその本をとりあげて、図書館まで一気に走った。司書は別の本をすすめたが、わたしの借りたい本はいつも決まっている。

その後、女は母さんにスプーンでシリアルを食べさせる段になり、わたしたち姉弟に寝室に入ってもいいと言った。弟にはこうした母親のたびたび起こる病状が耐えきれず、わたしの背にぴたっと身体を押しつけてずっとだまっていた。

「母さん、心配しないで。わたしたちちゃんと仲良くやってるから」実はわたしは、母さんが以前やったみたいに、今回もヘルパーを追い出してくれればいいと願っていた。

母さんは休養中の常で、何も言わなかった。泣き方を忘れたのか、泣きもしなかった。真夜中になっても、ブラインドもカーテンも閉まったままだった。母さんは手を動かすだけで、部屋を暗いままで窓を開けないで欲しいというしぐさをした。

前回は、うなり声をあげた母さんに怖がった弟を連れ出してヤルコン川に降り、ユーカリの木の下にあの子を座らせて、その木はオーストラリアからたどりついて、ここに根をおろしたのだと話した。ユーカリの木の下で、弟はいったいいつになったら、母さんが休養を終えるのかとききき、ほかのお母さんたちは……と言いかけた。わたしはすぐにさえぎって、ほかのお母さんたちと比べてはいけないと言い聞かせた。

その後、弟は夜中にわたしのベッドに入ってきて、ユーカリの木はたぶんホームシックになっているだろうね、だったらヤルコン川沿いのユーカリを全部引き抜いて、オーストラリアに送り返すにはどうしたらいいのかときいた。わたしたち二人は、はたしてオーストラリアが近いのか遠いのか、それすら知らなかった。

母さんの部屋からは、何の声も聞こえてこなかったが、わたしは何度か起きて、うなり声がしないかどうかドアに耳を当てた。冷たい木製のドアに耳を当てるのは心地よく、もしかして材質はハルニレかもしれないと思った。

ヘルパーは翌朝もどると言った。その女が電灯を消した時、弟は「おやすみなさい、おばちゃん」と言い、わたしはあの子に背を向けた。

その翌日も母さんは寝たきりで、さらにそれが続くと、弟はもうそれ以上ばかげたことはきかなくなった。一度だけ、あの子は台所の入り口に立ち、ヘルパーが腰をかがめてテーブルクロスを拭いているのを見て、時には休養したいかときいた。女が腰を上げると、布巾がぽろっと手から滑り落ち、女はあの子を抱きしめた。

わたしは、その二人に背を向けた。


その後だいぶたったある日、おぼえていたハルニレの木の絵を描いて、母さんの寝室のタンスの上の薬瓶のそばに置いた。母さんの目は閉じていて、わたしだけが口を開いた。通知表をもらい、わたしは算数が学校中で最低だったこと、絵の先生がわたしに優秀賞をくれたことを伝えた。

母さんは目を開けて、一瞬起き上がりたい気力を見せた。わたしが母さんの身体をベッドから力いっぱい引っ張り上げると、両腕がだらんと下がった。その時、あの女が寝室に入ってきて大声を上げた。「何をしてるの？　この娘、気は確かなの！」

夜中に、わたしのベッドで寝ついた弟をベッドにもどしてから、小声で言った。「もしあの女がまた同じことを言ったら、やっつけてやる！」弟は寝入ったまま背を向けた。

それでも、女はあのハルニレの木の絵を薬瓶のそばに置いたままにした。女はもう、母さんにスプーンでシリアルを食べさせはしなかった。わたしたちがそれぞれ学校や保育園からもどると、チキンスープの匂いが家中に漂っていた。女は弟に、鍋からすくいあげて味見をしていいと甘やかし、あの子は保育園の先生に、大好きなおばちゃんがいると話したという。あの子はもう、母さんの寝室には入らなくなった。

一方わたしは、昼夜かまわず母さんの寝室に何度も入った。そして、わたしの視力はいたく研ぎ澄まされ、母さんの枕元にある白い紙に、まずはその絵に目が一足飛びに行きつくようになった。鉛筆で両腕を広げるハルニレの枝を増やし、葉をたくさんつけて、図書館の本にはなかったはずの花まで描き足した。真っ暗闇の中、見えにくい目を凝らして花を描いた。

母さんが一度にこっとした、ほんとうだ、ぜったいにまちがいない。

母さん、いつ元気になるの？　そのうちヤルコン川に出かけて、ユーカリの木の下で弟もいっしょに座ろうねと約束した。ユーカリの生まれ育ちがオーストラリアでも全くかまわない。あの子はきっと年輪の話をして、木は何も怖がらずにどんどん伸びるんだよと、その木を見せるだろう。母さん、わたし何でもするわ。母さんが元気になってくれるなら、わたし、算数の宿題もちゃんとする。

でも、母さんはわたしに背を向けた。

ヘルパーは母さんの口に砂糖水を含ませるようになった。母さんのショルダーバッグやベルトを家から持ち出して、タオル製のバスロープの紐まで外した。わたしは自分の縄跳びの紐だけは、ベッドの下に隠すことができた。図書館に出かける時はちゃんと、その紐をスカートの下の腰に巻きつけるのを忘れなかった。

わたしが図書館の書架に探したのは、身体に障碍がなくても、それでも起き上がれない人にどうやって手を貸したらいいかの指南書だった。脚立をそっと引きずってそれにのぼり、司書にもだれにも読まれない本が並ぶ一番高い書架を探した。司書は脚立の下に立ち、実話だけの読書では足りないから、冒険ものやおとぎ話がいいとわたしにすすめた。あの人にはファンタジーが一番素晴らしいのだ。

わたしはどんなことも現実に起こり得るとあの人に口答えして、脚立から落ちそうになった。司書は手を貸そうとしたが、わたしは無視した。

あなたが探している本はないわ、あなたが自分で書いたら、とあの人がつぶやいた、ような気もする。


母さんを家から運び出す前日に事が起こった。弟は保育園で、母さんがオーストラリアにいると話したらしい。その日からヘルパーの女はずっとわたしたちの家にいて、無視できなくなった。弟はその女を名前で呼ぶようになり、さらにずっと、ずっと、ずっと後になって、「母さん」と呼びはじめた。

わたしは、あの子に背を向けるのをやめた。

ハルニレの木の絵は母さんの手に握らせて、その動かなくなった体を覆う時にもそのままにしていたと女は言ったが、今になってみると、ほんとうにそうだったのかははっきりしない。

今でもわたしには見ず知らずのその女が、ブラインドとカーテンを開けてあの寝室を明るくしても、わたしには暗いままで変わりない。台所で息を殺して静かに座り、チェック柄のテーブルクロスの上に、鉛筆を樹木の巻き毛だけになるまで削り出した。手のひらの小さな椀に巻き毛が山盛りになり、ふとその時、一瞬だけ、わたしも休養したくなった。

家族写真

שלוש תמונות

「どうして生き延びたの？」わたしの息子がきいた。

わたしの母は「丸顔だったから」、確かそう言っていた。

縁がぼろぼろになった古い写真。少年だった息子は、祖母がなぜ生き延びたのかはわからず、彼の母であるわたしにもわからなかった。その謎を解く手がかりは、古い写真に隠されていると思ったが、口には出さないでいた。

わたしの母はドアの近くで裾に刺繍のある長い服を着て、カメラをまっすぐに見据えて立っている。シルクの袖が光り、片方の肩が背後の闇に沈み、ふっくらした顔の輪郭の中に恥ずかしそうな目がにこやかに笑う。写真の裏には、外国語で一九四一年五月十三日ときちんと記してある。

息子の頭の中を、数字が素早く回りはじめた。彼は写真に写っているのがわたしだと思って、「母さん、いつの出来事？ドアノブを力いっぱい引っ張って、逃げようとしたのは、いつ？」ときく。

古い写真だもの、なかなかすぐには話せない。あなたの祖母は、そうした記録を手の届かないタンスに隠しておいて、写真は残っていないと白を切ることもできたのだが、最初にわたし、そして次に孫のあなたが見つけてしまった。これがわたしの母、つまり、あなたのおばあちゃんの若い時よ。家から強制連行されて夢を奪われる前だと思う。色あせた写真の中の閉じたドアをあなたは指さした。わたしの目は、むしろ窓ガラスに映った青白い姿に釘づけになった。背後霊に見えなくもない。

「どれくらい前のこと?」

あなたは、どうしても知りたい。

子どもには、どう答えたらいいのだろう? 半分にちぎれた人生を数えられる人がいるだろうか? そもそも写真って何? 凍りついて閉じ込められた時間を、記憶をたよりに溶かしていく。自分たちを愛してくれた人たちや自分たちが愛した人たちを、忘却の壁に抗いながら必死に思い出そうとする。実に多くの愛が貨車に乗せられて、人々はただの番号になり、腕にその囚人番号が入れ墨された。息子であるあなた、どう思う? 桁の多い数字に強い人はいるかもしれない。でも、大きすぎて決して数えられないのが愛、そうじゃないかしら?

この写真の数か月後、あなたの祖母は家から連行された。窓のない家畜用の貨車に押し込まれた後、密閉された中で押しつぶされていた。あなたにわかるかしら? 酷な部分は今はすっとばして話すことにする。そうやってわたしも守られてきたから、あなたをも怖がらせてはいけない。叫び声が聞こえると思うけど、あなたのおばあちゃんは人間という名の立派な家畜の中で眠りを奪われ、それまでの無邪気な夢を一瞬にして延々とつづく悪夢に変えられてしまった。朝雲の間から、昔の汽車の汽笛みたいな、そんな悲鳴が聞こえるから、しっかり聴いて欲しい。だれかのお父さんであったり、だれかのお母さんであったり、その子どもであった、ごく普通の美しい人も、そうでない人たちも、その貨車に乗って連行されていった。

二枚目の写真は、一九五〇年代の夏にテルアビブのベランダで撮った、シュロモとナヴァと母の写真。つまり、わたしが子どもだった時のもの。ここには写っていないけど、子どもたちの落下防止用に、ベランダの周りに金網が張ってあった。わたしはその金網の手触りも、その細かい菱形に指をはさまれた傷痕もおぼえている。母はわたしたちに、腰をかがめてはいけない、テルアビブにも危険はあるのよって、何度も言っていた。

その時はあまりうまく弾けなかったけど、この写真に写る兄は大きなアコーディオンを抱え、わたしはフルートを口に当てようとしている。二人とも短パンをはいている。母はぴったりしたブラウスを着て石の敷居に腰をおろし、両手をわたしたちの背後に隠して、次世代の子どもたちを堂々と前に押し出している。二枚目の写真でも丸顔は一目瞭然で、あえて探さなくてもよさそうだ。このふっくらした顔の輪郭がおばあちゃんの命を救ったのよ、おぼえてるかしら。

母はそう言っていた。

さて、それで戦後の次世代に何が受け継がれたのか？　わたしの息子であるあなたにきいてみる。大人たちは指針を失い、途方に暮れていた。神がいるか？　いないか？　それはもはや重要な問題ではない。はたして人間がいるか？　いないか？　人々はそのことをやっと本気で問うようになった。

「あれから時間がどれくらいたったのか？」と、息子であるあなたは尚もきく。次の写真をめくるが、この間、ネガフィルムが真っ白になった写真がいくつもあった。痛みと悲しみが、カメラのメカニズムを麻痺させたのだ。時間というのはちっぽけなオールが水面に触れ、そして離れるのがやっとで、いわゆる水面を滑る小舟ではない。一枚目の写真はもうセピア色になり、二枚目は汚れてしまった。がしかし、顔の輪郭は残っている。わたしの母は、その時もまだつくり笑顔はしていない。

三枚目の写真はよくおぼえている。撮影の時、わたしはそこにいた。あの日は曇っていた。そのうち真っ暗になるだろうと思っていたのだが、運よく明るくなった。写真に写る三人の孫は、祖母とおなじくらいの背の高さになっていた。シリーとベンとイヤルのおばあちゃんはもう、その両手を後ろに隠してはいない。家族が立つ場所も、空中に浮かぶベランダではなかった。わたしの息子ベンは口ひげをつけたカウボーイを気どり、娘のシリーは広げた本のページをめくり、末っ子はカラーで撮影する者に向かって、「色が写るのに、言葉が写らないのは何とも残念だね」と言ったのをおぼえている。

どうして丸顔が命を救ったのか？

アウシュビッツ強制収容所の入り口で、警棒を左右にふって生死を選別したナチスの医師が、わたしの母に命を繋いだ。やせ細り、何もかも失って家畜と化した人間が、選別者の好奇の視線をどのようにすり抜けたのか。その医師は母の丸顔を見て、少なくとも労働に耐えうると判断し、わずか数秒ですべてが決まった。その顔形が生き延びた所以だった。あなたにわかるかしら。三枚目のカラー写真で、孫たちの横に立つおばあちゃんは、あたかも生死の選別から完全に解放されたかのように、やっと笑顔を見せている。

末っ子のイヤルはそのカラー写真に写る自分を見て、「母さん、ほら、ぼくたちの顔も丸いってことは、ぼくたちも生き延びられるね？」と言った。


一九八八年、春。

この間、子どもたちの数が増え、だれもが元気で走りまわったり押し合ったりして、限られた大きさのファインダーには収まらなくなった。だれかがかならず写真からはみ出してしまう結果になった。

写真の撮影は、しばらくわたしが担っていた。フィルムカメラによる最後の一枚になった割礼式での写真もわたしが撮った。あの死の選別から約五十年がたち、家族には子どもがもう一人加わった。

ファインダーの焦点を合わせ、フラッシュが光った。わたしの母の腕の中で、すやすや眠るひ孫のヤハリにも同じ顔の輪郭があるとわかった時、自分の手がいくらか震え、わたしは深く息を吸いこんだ。

二〇〇一年、春。

写真って、いったい何？

すでにネガフィルムは不要になり、デジタルカメラとスマートフォン撮影の時代になった。どちらにも簡単な機能がつき、顔の修正もできる。顔の皺や内面の不安、特に愛する人を奪われた者にかかる影を覆い隠し、負の表情を修正してくれる。かつて子どもだった者も今では自分たちの家族をもち、わたしの母にもミハエルとナオミというひ孫が増えた。母自身は生き生きと暮らし、いつも賢く、その底力はわたしたちに負けない。万能スマートフォンを通して家族から母に届く新しい写真に、わたしはほっと息をつく。どんなカメラ店も、わたしたち家族の顔形を変えたりはできないはずだ。わたしはもう、テクノロジーの魔法に魅了されはしないし、データを消すこともない。

母ミミ・アルツィはほぼ九十歳になり、愛に包まれ、わたしたちとともに互いに助け合って暮らしている。わたしたちは、はじめからふっくらした丸顔の家族。これからもずっと。

欄外追記

母、マルガリータ（通称ミミ）は、二〇一七年十一月十八日、九十六歳で死去。その二週間後の十二月二日、娘のナヴァ・セメル死去。六十三歳だった。

訳者あとがき

〈ガラスの帽子〉とは、ホロコーストをくぐりぬけた親をもつ子や孫が、決して見えはしないが無意識のうちに頭にかぶり、脱ぎ去ることのできない身体の重要な一部の比喩である。そして、そのガラスの帽子を目にする親たちは、図らずもいっときの安息を得るのだった。ヘブライ語からの邦訳である本書は、一九八五年のイスラエルの作家ナヴァ・セメルによる『ガラスの帽子 כובע זכוכית』(*Hat of Glass*)に、作家の死後二〇一九年に新たに追加編集、刊行された短編集『ガラスの帽子 כובעים של זכוכית』(*Hats of Glass*)から選出した九篇である。

この九篇にはホロコーストの光と影が書かれ、青空の下にも闇があり、絶望の中にも崇高な利他の精神があったという思いがけない光の存在を読者は知る。ナヴァ・セメルがどの作品を書くにも常に目を凝らしたのは、左と右、東と西、光と影、表と裏、空と海、太陽と月、水面と水底という、ある時は似ているように見えて実は全く別の、しかし対になっている二項対立の不思議だった。

「ガブリエルとファニー」は、第一次大戦後中の一九一九年から一九五九年の約四十年間にわたるナヴァ・セメルの語る祖父母とその家族の超短編サーガであり、彼女の作家としての原点だったと思われる。結局、再婚した元夫婦は八年間をともに暮らし、先に夫が他界し、その十数年後に亡くなったファニーの棺は、なぜか夫から少し離れた墓所に埋葬されたという。本作品は、何事も課せられた運命だと受け入れ、あえて抗うことをせずに生き抜いた時代の女たちへの鎮魂歌でもあろう。

表題作の「ガラスの帽子」は、ある生還者の一人称で語られ、一九四二年の強制連行から約三年間の収容所生活とロシア軍による解放が描かれる。兵士たちの慰みのための従軍慰安婦として前線に送られていたクラリサという女囚人は、ここでもナチスの女将校の愛人であった。彼女は逆境の中にあっても、自分が卑しめられても尚、同胞を深く思いやり、病に倒れた者の世話や看取りにまで駆けつける。このクラリサの身を削り尽くすほどの愛に、訳者は大泣きした。やがて戦後になり、パレスティナに移民したであろうそのクラリサと主人公の二人が、たとえ狭い国土の道ですれ違っていたとしても再会できないのはなぜか、読者には痛いほどわかるにちがいない。

最後に記された双子の兄弟とリベカは、旧約聖書創世記二十五章に言及されている。

「でも、音楽は守ってくれない」は、一九七〇年前後にキリスト教からユダヤ教に改宗したドイツ人女性ヴェロニカが、結婚前夜に夫になるウリヤに宛てた手紙である。ドイツ・オーバーバイエルンの片田舎に生まれ育ったピアニスト・ヴェロニカは、幼いときに一冊の本を通してユダヤ人迫害を知り、同情心と加害者意識を募らせた。やがてイスラエルを旅して、ユダヤ人男性ウリヤと恋に落ち、実家の反対を押し切って結婚にまでこぎつけるのだが、ユダヤ教の神を知ろうとすればするほど、キリスト教とはあまりにも異なる神の概念にとまどう。じっさい、ユダヤ教で聖書といえば旧約聖書のみを指し、キリスト教でいう父と子と聖霊の三位一体という概念も十字架の贖いもない。ウリヤという名は、旧約聖書サムエル記第二－十一章に登場する。あえてヒッタイト人ウリヤと人種名を記してあることに、ナヴァ・セメルがこの作品で、異人種間の結婚を裏づけたのではないかという解釈もできる。このほか、本文には創世記、ヨシュア記、詩篇、ヨハネ黙示録に基づく深層も見え隠れする。聖書関連の人名および地名は、新日本聖書刊行会『聖書　新改訳二〇一七』の引用による。

一方、聖女ヴェロニカは、実は聖書には記述がない。受難の道行きでスカーフにキリストの顔が写ったというヴェロニカの逸話を、旧知の東海林義夫氏が調べてくださり、最古の伝説は二、三世紀に書かれた『ニコデモ福音書』『ピラト行伝』によるという。伝説とはいえ、実に存在感のあるローマ時代のエルサレムの女性であった。

本作品に登場するドイツ人の母親とユダヤ人の母親の、それぞれが抱える世間的な葛藤はともかく、ヴェロニカを思いやる真の母性が双方とも尊く描かれている。

「ルル」の時代背景は、ベングリオン首相についての言及から、一九五〇年前後と思われる。この作品で、ナヴァ・セメルは肝心な動詞を省いている。しかし、行間に隠れた少年と少女の本心は、きっと読者には読み取れるはずだ。アイスキャンディーという、あっというまに溶けてしまう大衆冷菓が、当時の新旧および世界各地に出自をもつ移民同士の距離感を、名脇役で演じている。

「二つのスーツケース」は、本文中にナチスの戦犯ルドルフ・ヘスがシュパンダウ刑務所で九十歳を迎えたという記述があることから、おそらく一九八〇年前後の背景だと思われる。この物語の要になるアメリカ合衆国司法省特別調査部という組織は、イスラエルの諜報特務庁モサドとは別の公の組織で、じっさい一九七九年から二〇一〇年まで、アメリカ合衆国に実在していた記録がある。ここに登場するジョージ・ウエルシュなる人物が、何度カマをかけられても自分の出自を明かさなかったことからも、じっさい隠密な調査活動をしていたか、あるいは部署自体がより大きな組織の隠れ蓑だった可能性もある。しかし訳者には、個人の戦争犯罪なるものを戦後三十年以上もたって追及すること自体が、人間のもつ大きな哀しみであると思えてならない。

一方で、この物語は母と子の間にある相矛盾した愛憎が描かれ、これはある意味、普遍的な母と子の心理であろう。ただ特記すべきは、戦後しばらく、ホロコーストの生還者はイスラエル国内にあっても、現在のように同情、支援されるどころか、ナチスの言いなりになった弱い羊だと侮辱と差別の対象であり、その屈辱の身を隠して暮らさなくてはならなかった事実である。

主人公エイタンの妄想でもある夢の章で、〈対象外〉となった一九四二年八月五日以降という日付けが、もしエイタンの生年月日だとすれば、当時彼は三十八歳だったはずだ。日付けを一つの境として、それ以降を除外なり無効にするという考え方は、旧約聖書の出エジプト記第一章でも言及された、いわゆる生死を分ける選別条件だという解釈もある。

「フォンダと同乗した日」は、ナヴァ・セメル自身の体験で満二十六歳だったとあるので、ずばり一九八〇年の話。当時、夫の仕事でアメリカに暮らしていたセメルが、きっと何かの縁で四十三歳の女優ジェーン・フォンダとリムジンに同乗したのであろう。ジェーン・フォンダは幼いころ、父親ヘンリー・フォンダの浮気を苦にした母を自殺で失っている。以来、世間に知られているように、父親との長い確執があった。あの美しい名画『黄昏』の発表が一九八一年で、リムジン同乗がその前年であるのなら、映画はすでにクランクアップだったのか？　父娘の和解の微妙な時期に、フォンダとセメルは出会ったことになる。

「ファイユームの肖像画」は、九作品中でただ一つ、ホロコーストの生還者だった母親が全く悪夢に触れず、いつも陽気でＰＴＳＤとは無縁だと信じていた、実に稀な次世代の内面が描かれる。この物語に織り込まれた縦糸は次世代が先代から受け継ぐものはいったい何か？　横糸は家族とは、国家とは、民族とは何か？　という大きな問いかけである。主人公エリシャは、妻も子どもたちも自分のコレクションや夢を理解しないことに失望する反面、先代の叫び声を聞き逃した身勝手な自分をふり返る。また、アレキサンドリアの骨董店で、買い手のライバルを前に、女の肖像画を何としてでも手に入れたい主人公の「死んだというが、わたしは知らなかった」という発言は、コスモポリタンのユダヤ人独特の詭弁がかった生死観だと思われる。その直後に、アルメニア人の敵意ではなく恐怖に満ちた罵声を浴び、さらに店を出た後、気のいいアラブ人の「ほんとうにホロコーストはあったのか?」という無邪気な問いに、主人公の内面に変化が起こる。焼きトウモロコシと焼き栗の時空を超えた郷愁にも、何かが呼び覚まされる。地中海に臨む同じ海岸線で、わずか六百キロメートルしか離れていないアレキサンドリアとテルアビブの宗教や文化の違いを、ナヴァ・セメルは左右の命というひとつの繋がりをもって表現する。

読者にはぜひとも検索ワード「ファイユームの肖像画」で、かつて古代ローマの属州エジプトで描かれた、鮮やかな肖像画に出会ってほしい。

「ハルニレの木」は、一九六〇年代のホロコーストをくぐりぬけた移民の、ある暮らしが描かれている。ここでも肝心な動詞や名詞が省かれているため、〈休養〉〈鉛筆の削りかす〉〈縄跳びの紐〉〈世界中の森に生きる樹木〉そして〈ハルニレの木〉という文言の真意が、読者に届くことを願ってやまない。一例として、少女にとっての〈鉛筆の削りかす〉は、犠牲者たちの化身だと思われる。この作品でも、光と影が単なる明るさと暗闇でないことがわかり、詩人でもあったナヴァ・セメルの言葉の力に感じ入る。

「家族写真」は、作者の一人称でリアルに語られる。この中で、彼女が息子に問いかける人間の愚かさは、二〇二三年三月現在の殺伐混沌とした世界情勢にあって、まさに進行形であることがだれの眼にも明らかになった。「地球全体がひとつの大きなガラスの帽子をかぶっている。空にいるわたしには、それがよく見える」というナヴァ・セメルの声が、訳者の耳にも届きはじめた。そう、愚かさや哀しみ、惨さや苦しみはもう、民族や地域限定ではなくなった。

用語説明として、本書で訳出した〈パレスティナ〉とは、ペレシテ人を語源とする現在のイスラエルを含む、アラブ人、ユダヤ人、遊牧民がともに暮らしていたパレスタイン地域一帯をさし、パレスチナ自治区のみをいうのではないことを捕足したい。

最後に、神戸市外国語大学で教鞭をとられるエレナ・バイビコフ氏には、ご多忙の中、九篇のうち四篇に多出した難解な文体やメタファの解釈に貴重なご助言をいただいた。イスラエル大使館文化部のウェブ版「五分で読めるイスラエル傑作短編小説」を企画運営される内田由紀氏と、聖書解説を担ってくださった同輩のヘブライ語翻訳家波多野苗子氏の後押しは忘れがたい。

訳稿持ち込み五作目にして本書を採り上げ、終始伴走してくださった東宣出版の津田啓行氏には、心からの感謝を申し上げたい。一年以上にわたり、ご協力、応援してくださった大勢のみなさん、ほんとうにありがとうございました。

二〇二三年三月

樋口範子

〔著者紹介〕
一九五四年、ホロコーストを生き延びた両親の元、イスラエルに生まれる。テルアビブ大学にて美術史のMAを修了後、ジャーナリスト、テレビ、ラジオのプロデューサーを経て作家になる。数多くの小説、詩集、脚本、児童書、YA作品は数か国語に翻訳され海外メディアで放送、上映、また舞台で上演される。イスラエル国内およびアメリカ、ドイツ、オーストリアの文学賞やドラマ賞を受賞。二〇一七年没する。

〔訳者紹介〕
一九四九年、東京生まれ。立教女学院高校卒業と同時にイスラエルに渡り、二年間キブツ・カブリのアボカド畑で働く。帰国後、山中湖畔にある児童養護施設の保育士、パン屋、喫茶店運営を経て、現在はヘブライ文学の翻訳をライフワークにしている。訳書に『キブツその素顔』（ミルトス社）、『六号病室のなかまたち』『もうひとりの息子』さ・え・ら書房、『ぼくたちに翼があったころ』福音館書店、『もりのおうちのきいちごジュース』徳間書店などがある。

ガラスの帽子

2023年6月15日　第1刷発行

著者
ナヴァ・セメル

訳者
樋口範子（ひぐちのりこ）

発行者
田邊紀美恵

発行所
有限会社 東宣出版
東京都千代田区神田神保町2－44　郵便番号101－0051
電話（03）3263－0997

ブックデザイン
塙浩孝（ハナワアンドサンズ）

印刷所
株式会社 エーヴィスシステムズ

Printed in Japan
ISBN978-4-88588-111-4